向阳草暖

张建春——著

中国文史出版社

图书在版编目（CIP）数据

向阳草暖 / 张建春著 . -- 北京 : 中国文史出版社，2020.12

（跨度新美文书系）

ISBN 978-7-5205-2844-3

Ⅰ . ①向… Ⅱ . ①张… Ⅲ . ①散文集－中国－当代 Ⅳ . ① I267

中国版本图书馆 CIP 数据核字 (2020) 第 253770 号

责任编辑：金　硕　胡福星

出版发行　中国文史出版社
社　　址　北京市海淀区西八里庄路 69 号院　邮编 :100142
电　　话　010-81136606 81136602　81136603 81136605（发行部）
传　　真　010-81136655
印　　装　阳谷毕升印务有限公司
经　　销　全国新华书店
开　　本　650 × 960　1/16
印　　张　17.5
字　　数　203 千字
版　　次　2021 年 4 月北京第 1 版
印　　次　2021 年 4 月第 1 次印刷
定　　价　52.00 元

目 录

Contents

第一辑　风雨潦草

抱瓜归　002
菜花黄，蜂子唱　005
草塘纪事　008
风过岭　011
合欢树下栀子花　014
壶　事　017
花白之约　020
回到萝卜白菜　023
见　柳　026
空　树　029
楼下小院　032
栾树小语　035
那片故乡的艾草　038

拈花惹草 041
鸟鸣天空 044
清　冷 047
桑　果 050
树叶的两面 053
霜　事 056
桃花余韵 059
万物生长 062
无意于雪 065
下雨了 068
向阳草暖 071
叙　秋 074
养　蚕 077
远去的老布 080
支　流 083

第二辑　且让风去

搬　迁 088
藏 091
茶非茶 094
窗户纸 097
发会呆如何 100
缝　补 104
格　局 107
痕　迹 110

花的想法 113
黄叶之魅 116
恍　惚 119
笺谱小语 122
静静的时光 125
枯　坐 127
留　白 130
六千年前的一场雪 133
慢下来 136
迷　局 139
起　舞 143
且让风去 146
时光令 149
树荫下 152
纹　理 155
习惯种植 170
与静为邻 173
栅　栏 176
种子的秘密 179
走藤拉秧 182

第三辑　自然叙事

巢湖初春 186
池州记：烟雨 189
匆匆陵阳行 192

大蜀山下半边街 195
泛舟秋浦 198
浮山浮记 201
杭州听雨 204
河涧菖蒲绿 207
湖畔荷风 210
淮阳拾片 213
静听成都 232
宽窄无边 235
去肥东看牡丹 238
去桐城 241
瑞金一场雨的激荡 245
上杭碎片 248
陶然而居 251
向北，古北口水镇 254
叙水成都 257
夜见西湖 260
雨漾古镇 263
原在山水画廊中 266
在杜鹃花海发呆 269

第一辑

风雨潦草

抱瓜归

十一二岁在县城上学，周六下午回，周日下午走，风雨无阻，准时得很。奶奶守在村庄老宅子，周六的傍晚，一定倚在门框上，把目光望累、望断了。

老家离县城十五华里，草草的路不好走。一年夏天，奶奶从地里摘来西瓜，青皮翠衣，七八斤重，一敲闷闷的响，熟透了。奶奶要我抱上，带着上路。奶奶的意思明白，或者路上口渴剖了吃，或者捎到城里家中，和妹妹们共同享用。

天热，下午的草路更热，我打断奶奶远送的目光，抱瓜上路。

奶奶的西瓜种在菜园地的豆棵间，不多，也就三五棵，藤蔓和豆叶一样绿，藤蔓会走路，七拐八转，游得远远的，瓜就结在豆棵里，豆棵没膝，西瓜藏得紧。乡下人聪明，套种的事常做，省地，也将一些小秘密，潜身得风雨不漏。

“以粮为纲”的年份，西瓜种得少，精贵，吃上一次难得，剖开，总是抢着下手，风扫残云般，管不上吃相，有话说：吃西瓜，巴不得是龅牙。龅牙啃得深，随曲就弯，不吃人亏。风扫残云结束后，剩下的是和风细雨一溜西瓜皮，从红州（瓤）啃到青州，最后啃到通州，瓜皮透亮。透亮的瓜皮也不愿扔，洗净、晒干，丢进酱缸当咸菜吃。伢子们还有事要做，拣瓜子，积攒下了，节日里炒熟了，香喷喷嗑上一回。西瓜宝气，分分毫毫不浪费。

兴西瓜是技术活，村子里有瓜把式，下种催芽，移苗栽培，顺藤打岔，摘花疏果，样样都有路数。好的瓜把式兴出的瓜，大小匀称，沙瓤甘甜，咬上一口美进心里。奶奶的种瓜技术也算精良，藏在豆棵里的西瓜大大小小结了不少，西瓜东躲西藏的，奶奶心里有数，顺藤摸瓜，一个丢不了。

实际上，奶奶在兴种西瓜的同时，还在菜园地“布”了香瓜，香瓜比西瓜肯结些，一结一小堆，绿油油的可爱。

周日上午，奶奶总是带我去菜园地，悄悄指点躲在绿秧间的瓜们，西瓜结了十多个，香瓜数不过来。奶奶要我不要声张，否则会被好吃嘴“顺”了去，说“顺”不说“偷”，是乡村的智慧和宽容，谁没有走神的时候呢？瓜田李下，伸伸手，只不过是向土地讨点吃的。

奶奶种的瓜我吃得多，每个周六回，绕在奶奶身边转，更重要的是我对农事有兴趣，想和奶奶学上几招，长大了做个瓜把式。瓜把式多好呀，整天和瓜瓜果果打交道，尤其是看瓜时间，一个棚子搭在万千绿中，如一叶小舟，在绿的波浪中轻漾，夜间看星星、听蛙鸣，偶尔还能摘只瓜，撑得肚子溜圆。奶奶知道我的心思，骂上一句：没出息。还是从豆棵里掏出大西瓜来，任我肚子撑……

抱着西瓜，我几乎是跌跌撞撞的走，小路纤细，路边开着各色花，我以为这些花都在笑，笑我步伐踉跄，甚至嘲笑我不能把西瓜抱回县城的家。

路是透熟的路，平时闭眼也走得畅，抱个西瓜，突然感觉路难走了。西瓜不重，抱着不顺手，路就别扭了，怎么走都不顺畅。不止一次想把西瓜摔碎了，吃上几口，轻装上路。

也仅是一念间，农家的孩子有忍性，想想比栽秧割稻松泛多了，又一身是劲。调皮劲上来了，在略为平整的小路上，我把西瓜当成了足球，小心地向前踢，草路柔和，老远的一截路过去，西瓜仍是翠生生的。

有插曲，路边有种西瓜的，真的有了瓜田李下之嫌了，好在奶奶种的西瓜有个性，和田里的西瓜差别大。瓜把式打量一番，托起西瓜轻轻拍了几下，说，好瓜，沙瓤的。

在一个叫陡冲凹的地方，我抱着西瓜睡了一觉。陡冲凹上七下八，到县城我的家还有七华里地，翻过凹地路就好走了。

可做过梦，我记不得了，但这觉睡得熟，我记得清清楚楚，陡冲凹无人烟，静得听到野花怀孕的声音。醒来时，我看到一只灰色的兔子在我身边遛弯儿，一只花喜鹊喳喳叫，一只蜻蜓竟在西瓜上小憩。估计我醒来的动作不雅观，兔子跑了，喜鹊飞了，只剩下蜻蜓还在伸着懒腰，或许蜻蜓也对西瓜的甜美有兴趣……

天擦黑，进了家门，脚一歪，扎扎实实跌了一跤，西瓜跌成了八瓣，一地的鲜红。汹涌的哭，从我的嗓子里冲出……山呼海啸。妹妹们围了过来，把摔碎的西瓜拾到桌子上，那天一只破碎的西瓜吃得斯文。

抱得西瓜归，奶奶种的西瓜，最终被我摔破摔碎了。摔碎的西瓜，仍是西瓜。前几天，带刚满周岁的孙子玩，在一瓜摊边停下，孙子用小手拍瓜，有模有样，又双手抱起一小瓜贴在我的脸颊上，我的泪无来由地流下来，止不住。孙子放下瓜，拧破了我的泪珠，笑得欢。

菜花黄，蜂子唱

下午拗不过春色，去看菜花。菜花卧在小城的边缘，一大片，金色纯正的黄。菜花说不上漂亮，带给我的是冲击，对春天的冲击。

春天太过抒曼，草绿花红，软语呢喃，一记重重的冲击是需要的，那是提示。一年四季刚刚开始，温柔的春天，只是大块文章的开头，好情节都在后面。

菜花无疑是我乡愁中最柔情的一抹，大片大片的菜花，是曾经的村庄炊烟栖落的地方。菜花围着村庄转，散发着略带苦涩呛鼻的香味。菜花开过，农事忙、花事浓，锄地、插秧，旱地水田的活，就都一齐来了。花就更不用说，草花、木花争先恐后，梅花报春，菜花可是百花齐放的先行者哦。

伴着菜花开，蛙鸣了，蜂舞了，燕来了，村庄自然也就活络了。

我不喜欢菜花，仅把她当作邻家爱絮叨的婶子，有的无的搭理几句，算不上话投机的朋友。过去的菜花开时，乡村苦，青黄不接，正是饿肚子的日子。饿的滋味不好受，肚子不饱万事休，眼中无美景。

对乡愁中最柔软的一抹不喜欢，是个不小的悖论，也是我矛盾的纠结处。菜花给我留下的记忆深刻，菜花会低吟、唱歌是其中之一。

实际上菜花无语，低吟、唱歌的是一朵朵蜂子。我给蜂子冠予“朵”，是因为几乎每一朵菜花上都蹲守着一粒蜂子，蜂子多样，拇指大的、碎米状的，土色的、红色的、黄色的，菜花如是集合令，它们成群结队的聚集，所谓蜂拥而至，生动准确得很。蜂子们争相采食，“嗡嗡”于枝头，大块大块的菜花就唱响了。

那时，我很是羡慕蜂子们，成片的菜花给它们提供了丰富的食物，所以它们快乐、飞翔和唱歌。就在这羡慕中，我的肚子咕咕叫，穿梭在菜花中寻找果腹的东西，比如一棵酸酸草、一枚野豌豆。这些，蜂子们是不屑一顾的。我甚至在菜花地中做了一梦，梦中成为一枚蜂子，在一朵朵菜花中，大口大口地吞食花粉。若干年后我写诗，写道：“不在花朵中安睡，蜂子不真实 / 一粒蜂子，会在花中幸福的老死”。我泪流满面，我想到了菜花地中的一梦，我在一朵朵菜花中伸出长长的喙。

我不担心蜂子们找不到自己的家，它们的家就在我们的屋檐下和土墙的缝隙里。蜂子和人一样，日出而出，日落而息，阴雨天歇息在黑暗的旮旯里，它们背负花粉，将辛勤酿成一汪汪甜蜜。我认准了蜂子的家，常做出骚扰它们的事来，找一个透明的玻璃瓶，套在蜂子的门口，用纤细的草秸捅、搅，蜂子不胜骚扰，一只只从墙缝里爬出，成了瓶子的囚徒。我们采来油菜花，试图养它们成为玩伴，但往往事与愿违，过夜的蜂子多死在瓶子中了。

除了掏蜂子养着玩，我还有个小小的秘密，就是吃它们的蜜。蜂子的蜜据传藏在尾部，一个个蜂子被我拆解开来，但蜜一星一粒也没尝到。甜对我太有诱惑力，小小的生命，在我的眼睛里太过渺小。

唱着的蜂因菜花而舞，不停不息，将春天的大地吟哦得澎湃。蜂子还会产生插曲，丰富着乡愁的内涵。有一年，我从蜂子碰脸的菜花地穿过，耳边蜂吟不止，一路相随。回到家中，蜂子的歌唱仍不停歇，我大喊大叫，以为蜂子把我的耳道当作它的家了。还是母亲有经验，脱去了我的外套，原是一只蜂子困在了我的肩头。虚惊一场，还让我对蜂子有了贴身的感受。

蜂子奔菜花忙碌，忙得如是一个农人，菜花不落，它们的翅膀就不曾闲过，在蜂子眼里，菜的花事密集，也是最美丽的。

这几年，菜花蹿红，到处都在举办菜花节，掀起了菜花游的热潮，心中不免感慨。菜花黄菜花美，让春天多出了热闹劲。菜花奔放，奔放出了土地、春天、人的热情，甚至是一个国度沸腾的热烈。

下午在小城边的菜花地流连，为乡愁找到坐落处欣慰，为菜花奔走的热烈兴奋，又将是一个丰收季，真好。我骨子里农人的气息，突然就蒸腾了，从发棵间冒出缕缕热情，好时光，菜花就是大好景色呀！但心还是一沉，菜花竟不会吟唱了，一地的蜂子不见了，菜花沉寂，只有风摇曳着它们。

蜂子去了何处？我的愁怨突然升起。农药、除虫剂将蜂子赶出了它们的领地，独自盛开的菜花，落魄吗？

蜂子是菜花的伴侣，如若对菜花情有独钟，蜂子是唯一。人的目光再柔和，也超不过蜂子传送的温情。蜂子是菜花间爱的转达者，没有了，所有的倾诉都显得苍白。

一个研究蜂子的专家告诉我，一旦蜂子从地球上消失，人类撑不过五年。

目光拥抱菜花，无蜂子蹲守的菜花，我兀自孤寂，和菜花一样无精打采。

菜花黄，蜂子唱，这是大自然的杰作。我大声疾呼，声带嘶哑，还是被一浪浪菜花的金黄传送得很远很远。

回音荡回，我看到了一朵朵蜂子正在路上……

草塘纪事

草塘方圆百亩，水丰草茂，多动物，组团的也多，青皮蛙，鱼虾蟹，麻鸭子，白肚蛇，浪浪地，把静静的水闹腾得涟漪四起。还有一些青虫、蚂蚱，算不上主角，但同样不甘寂寞，吱吱地叫，草塘热闹得很。

青蛙的欢不是一般的欢，鼓着劲叫，一个塘口似乎都是它们的天下，一蛙起众蛙合，一个比一个用劲。蛙是好东西，听了让人欢喜。

鱼虾蟹只是在水里折腾，蹿出一些水花，水花落下，激起声音，缓缓地温润，倒让激约的蛙鼓柔和了不少。也有鱼会叫的，比如旺丫(黄嘎鱼)嘎嘎地叫，当地人把它称之为嘎丫。嘎丫肉质细腻鲜美，长相难看，却被人忘了。

麻鸭子成群，一到夜晚嘎哩、嘎哩地叫，搅得草塘风生水起，偶有惊吓，飞上天空，旋上一圈，又匆匆落回，落水有声，水包容，不久又归于平静。

白肚蛇片刻不消停，吐着红红的信子，在草丛游动，它们寻找猎物，偷偷袭击鱼或蛙。蛇游过的地方安静，若有一声惊啼，落难的一定是只大意的青皮蛙。

草塘如同一个王国，子民是些生生不息的动物们。野性的动物与草为伍，栖息在草棵中，守一棵草就过上一辈子，和俗世的草民没有两个样子。

我是追着一只蚂蚱到草塘边的，蚂蚱出走于村庄，亮出彩色的翅膀，我撵着它，加快了它回家的步伐。草塘是出走蚂蚱的国，塘埂上的草是蚂蚱的家。到家的蚂蚱突然收起了惊慌，歪着脑袋看我，太阳挂在草棵上，一地光明。家真好，我的家也是草编的，温暖谐和，一缕阳光就将它点亮。

草塘让我惊诧，无边草浪，藏着清清碧波，青蛙、鱼虾、麻鸭、水蛇，各守一方天地，轻轻推开左右，左是草，右是草，顶在头上的天投入水中，塘深得无垠。

小小的我，兀自成了草塘的原住民，动物们都和我亲近。

家养的动物随我而来，鹅鸭欢唱，猪狗哼叽，牛羊啃青，猪朝前拱，鸡往后扒，几乎都找到了自己的落脚处。或许若干年前，这些家养的牲畜就是从野塘边走失，误入村庄的家中，被村民们囚禁的。它们啃青、饮水，和草塘亲热着，也对草塘动物致意。

萤火虫照亮夜晚的草塘，我不止一次看到塘边亮着眼睛的獾和狐，它们蹑手蹑脚，围着草塘转悠，它们是入侵者，总要让草塘不再安宁下去，弱肉强食，草塘无奈，野生动物演绎着大自然的生存规则。

家养的斑猫也不闲着，天天夜晚奔草塘而去，天亮时叨着尺把长的鱼奔回。夜猫归草塘，天明回家，也算半个草塘的主。有一天，斑猫一路惊呼回家，尾巴上坠着半大的鳖，鳖咬猫尾不松口。斑猫钓鱼，竟有意外时。

村里人和草塘近乎，吃塘水、用塘水，摸鱼捉虾，草塘是盐罐子、油坛子，也是补充营养的菜篮子。婴儿出生没奶水，下塘摸鱼，一条大鲫鱼摆头摇鳃，煮汤熬汁，喝下奶水丰盛，一郢子听得见婴儿嘹亮的哭声。草塘是恩人，鲫鱼是恩人，记下了，一辈子忘不了。

也有生怪的人，在塘边挖坑，深且陡，称之为试鳖宕，鳖蟹龟蛙贪玩，跌进了，无法脱身，生生被捉。村里人不屑，玩阴招令人作呕。草塘虽深无陷阱，陷阱是人设的。

风过岭

岭上走，走多了，一切都那么寻常，打动自己的地方越来越少。

陪同一帮作家、诗人，又去了岭上，恰微风细雨，季节浓而阴翳，倒有些感觉。感觉因风，风是春天的风。

对风我素无好印象，多年前，村子里人把风称之为“骚风”，说不清的原因，或就没有理由。空气对流，流出的声音和形状，就是风了。风多数时候是坚硬的，小风送雨水，狂风刮去屋脊，至于旋风，又往往被叫作“鬼风”，躲之不及。一年防汛，雨插竹竿样下，水位呼呼地向上提，众多的人固堤垒土，好不容易雨停，都浅浅的舒了口气，但好景不长，一阵风起，浪拍堤坝，竟破了坝，痛得我们心要掉。风作了一场怪，千百亩良田受淹。

要风时，风却不来，夏天炎热，文风没有，恨得我们摇着蒲扇，念念有词：扇子有清风，拿在我心中，有人向我借，口中心不中。好生的无趣，想时没有，不要时，却山呼海啸，实在是有点骚味道，疯头傻脑。

不过，此次的岭上风，改变了对风的看法。

春风又绿江南岸。诗的意境，在岭上重现。

十多天前去岭上，岭上的树还瑟瑟显得枯瘦，有花也是寒花，香却不美丽，满目的苍凉，不是几树花可以阴藏的。岭在高处，一抹凸起的荒凉，足以发出尖叫。

倒是眼下，早樱吐蕊，玉兰怒发，海棠含笑，还有众多的野花，蒲公英、婆婆纳、紫地丁，不管不问不择地，如是美人裸奔，制造出大方的丽色。

又何止是花，枯萎的枝，兀自膨胀，小芽小叶在枝头晃，晃着晃着，一些叶就绿出来了。我识得一些树，重阳木、栾树、柿树、朴树，等等，等等，似乎都在做着这样的事，红花要有绿叶配，裸奔总不是长久之计。

都是春风拉动的，我的心微微一动。

果然是，我张开手，和煦如绸，风在我的指间绕了一匝又一匝，款款的生出轻柔。风从东边来，一路向西，回过头看，瞬间又绿了一层。

诗人找灵感，对着玉兰花吸了一口，香和风入心，风自是诗眼。

散文家中意于叶，春风在叶上走，缓缓地渗进字里行间，不抒情、不美也不行。

小说家对芽苞有兴趣，芽苞中有情节，花随风潜入，那是隐约的爱情。

拈一缕风捻捻，水意涟涟，正是小雨天。好雨知时节，当春乃发生。好风也如此。

岭上春风养万物，养一段起落有致的美好。

荷锹的农人，不错过这风，他们穿梭在农地里忙碌，修枝，培土，更多的是在移苗。岭上少水，却是栽种树苗的好地方，南苗、北苗在岭地上都生得好。岭是江淮分水岭，有淮河和长江水系的兼顾，对树苗独有宠爱。树比庄稼耐旱，岭上是生长的好地方。岭高招风，招得最多的是春风。

岭上的苗木长脚，天南海北的走，走出岭上再长成大树，农人们高兴，起树供苗，当是收割稻子，收获呀。树苗们不知何处去，如一次冒险的婚姻。不过，它们会活着，岭上人嫁闺女都是好人家。

春风为媒，错不了。

晚上天晴，聚于岭上品茶，月亮漾在杯中，茶水深邃，风又微微的起，摇花轻落，杯中添花，却各异，就有人喝了樱花茶、海棠茶、玉兰茶，啧嘴说段子，不忍离去。

风过岭，我掀了一块当围巾，是鹅黄、淡绿、花红的颜色，好看。

合欢树下栀子花

初夏两种花值得期待，合欢和栀子。合欢的花红而不艳，栀子的花洁白无瑕，她们都有清欢的气度，难免让人产生些思绪。

合欢花香得幽静，栀子花却香气浓郁，一淡一浓，倒有浓妆淡抹总相宜的意会。万物皆有定数，一浓一淡也正是她们的位置。

楼下有合欢一株，前年大雪天压断了主枝，两年的将息，又唤回了颜色。不过断枝的来年花没间断，不曾把合欢的气氛丢了。只是今年开得更好，一些花竟不自觉的敲打窗户。合欢花绒柔，做窗花合适。

合欢树下有栀子，何时安身的，还真记不住了，她为后来者是肯定的。合欢为乔，栀子是灌，高大和低矮都一样的葳蕤。栀子无疑是接纳合欢漏下的阳光的，好在合欢花树的叶序细碎，阳光穿得透。栀子以花为杯，举起了就不放下了，合欢花酿下的酒，就在她的杯盏中漾过来漾过去。

不用说两种香在楼宇间交织。香分层次就有意思了。合欢花香轻，向上飘。栀子花香重，向下沉。一升一降，就让之间留下了空白。不过，雁过留声，花的香气走过，丢下的痕迹鼻子和眼睛闻到看清。合欢有情，栀子有意，扯袢襟，正常得很。

我常在合欢树下伫立，当栀子以外的另一棵树，如若她们是情侣，我就是第三者了。我想拆散她们吗？哂笑自己时，正仰头望天，俯身闻香呢。合欢花捭阖阳光，栀子花迎纳地气。

小时村子里多合欢，花谢结籽，籽又生树，合欢就有林了。栀子呢，截根枝插在湿地，一蓬栀子就来了，不大不小也若林。有趣的是合欢和栀子常做伴，立在秧田边，红彩白花加绿色，盎然地有生气。

对合欢和栀子结伴，村里人是喜见的，花香不说，单是合和欢就让人喜庆，何况栀子的杯盏，也正是高兴的酒具。乡村的文化，多是长在植物枝头，年年发几枝，便繁花似锦。

表嫂有能耐，头胎生了双胞，一男一女，正是合欢盈盈时，男孩叫了合合，女儿就叫了欢欢。表哥起的名字，表嫂不乐意，问，为何不能一个叫栀栀？表哥反问，怎不生个三胞？噎得表嫂无话。

合欢花开得早些，第一遭花开，栀子的花苞才微微露白。合欢有耐心，用第二遭花等，直到端午，两种花进入盛期，一艳一白，端端的香出一个世界。

使牛的汉子硬气，在合欢和栀子旁也发怔，往往是以牛的名义摘花，鞭梢上系束合欢花，牛耳上夹枝栀子花，牛鞭一甩，香气跟上走。我在村里常看到这般场景，自然对故乡有了一份恋情。

多年前在乡镇挂职，分工村，我选了叫栀花树的村。奔一棵树去的。去了，第一件事是找树，果然有偌大的栀子，长在村口。老人说，栀子有年头，比他们老。也有合欢，和老栀子树相距甚远，但有鸟飞飞落落，将栀子和合欢联系在了一起。

在栀花树村过了一个端午，村民端来粽子，就在栀花树下开吃，让我意外的是，装粽子的篮子，下面铺了一层栀子花。不解何意，但也吃得香甜。回过劲来，又是许多年，栀子花就是乡村的玫瑰。不是吗？说一个女孩怀春，不是说某某栀子花开了。

合欢树下，栀子香，香不过粽子美。栀花树村的记忆，也是可以贴在窗户上当窗花的。

对着窗户失眠，看月亮洒进，初夏夜是件美事，我推进窗户，夜露刚升，合欢花醒着，栀子花醒着，记得村上春树说过："花不睡觉"算是应验了。

一股混合的香气扑来，梦意相袭，我想睡觉了。合欢花、栀子花香助眠，枕香而眠，何等福气。我决意不做另一棵树了，合欢树下栀子花，不需第三者。

壶　事

壶中日月长。小时常听爷爷说，说这话时，爷爷一定捧着黄底彩釉、绣着一枝红梅绽放的茶壶。

爷爷的茶壶在乡间特殊，乡间不缺壶，多是瓦壶、白铁壶之类，如爷爷的壶鲜见，何况爷爷还顺带着说出文绉绉的话。

实际上爷爷说的壶中日月长，还有前半句酒中有乾坤，爷爷截了半句，用来说他的壶，当然是茶壶。

关于茶壶乡间有句俗话："茶壶装饺子，有货倒不出"，挺有味的。乡间如茶壶的人还真有，一肚子的学问，笨嘴笨舌的，讷于言，表达不上来。老友根就是其中之一，读了一肚子的老书，本该一笔滔滔语言流畅，反而见人羞涩，半句话讲不周全。村里建小学，推荐老友根当老师，在讲台上站了三天，就被撵了下来。接下一句话就是：老友根，茶壶装饺子，有货倒不出。如此，老友根拥有了老茶壶的"美"称。

老友根真的有水。比如，他写的"壶"字，就极妙，或正或草，都和实物壶无二样。不知为什么，当时的我认字不多，就喜欢"壶"，周周正正，端庄得如立在桌面、捧在手心的茶壶。老根友有说法：象形，古代盛器。说得结结巴巴，我还是听明白了，壶有古意，老友根有古意。

爷爷爱壶，和我说壶是从谜语开始的：圆圆小池塘，没有鱼虾藏，开水泡绿叶，池塘飘清香。我尚小，且谜面雅，我一时猜不出。爷爷又出谜：弯弯耳朵，翘翘嘴巴，头戴帽子，身上描花。爷爷抖抖手上的茶壶，我猜着了：茶壶。爷爷高兴，有或无的，对壶嘴啜了一口。

乡间还有则谜语流传：泥揣的，土捏的，坐在炉口上，火烧屁股，吱吱叫，吃亏。谜底也是壶，烧水的瓦壶，称为“炊子”。“炊子”家家有，黄泥巴烧的。“炊子”炊水，炊文气，楚文化遗存，如把村庄叫郢子。炊子，不精贵，适用。

爷爷有故事，爷爷手中把玩的梅花壶也就有故事了。据老辈人说，爷爷年轻时闯荡上海，在一军人家帮工，军人有血性，和日本鬼子拼命，爷爷跟随军人，把性命不当回事，不止一次与日本鬼子死战。后来军人战死，上海被日本人所占，爷爷葬了东家，只身回了家乡，随身携带，就一把梅花壶了。

梅花壶是军人所送，爷爷淡淡说过，就这一说还差点惹出大麻烦。好在壶不会说话，否则不知要倒出多少故事。故事亦如饺子，倒不出来。

晚年的爷爷壶不离手，春夏秋冬捧着，似捧着一方日月。我以为爷爷能感受到梅花壶的心悸，否则也不会在静悄中默默自语。所谓小壶细茶，爷爷的壶中的茶叶是柳芽，苦日子无茶叶可饮用，柳芽苦，但喝了清火明目。不过，很多时候，爷爷的壶是空的，爷爷还是捧着，不时啜上一口，爷爷饮的是岁月的余音，和对梅花壶的留恋。

爷爷喜欢我，常把我抱在腿上，说几句话，尝一口柳芽茶，苦苦的茶，喝多了，也就爱上了，爽口，爽心。一次不小心，竟把梅花壶打翻在地，闯了大祸，壶破了，破成两半。爷爷怔在一边，手和花白的胡须一齐颤抖，吓得我尖声啼哭。爷爷没有说话，捧起碎壶，将昏花的目光投向远方。

爷爷找来了锔匠，梅花壶又完整了，仅是多了两个黄铜锔钉，锔匠手艺好，如不用心，两个锔钉，还以为是两个梅朵。爷爷对锔好的壶仍是爱不释手，但多了动作，对梅花壶抚摸不停。锔钉明亮，在我的眼中，一个若太阳，一个如月亮，正应了“壶中日月长”中的日月。

爷爷在来年的秋天去世，家人商量让壶陪爷爷上路。从此梅花壶在乡间消失了，爷爷的壶事告一段落。

爷爷何尝又不是一把壶，许许多多东西没倒出。

老茶壶老友根活得很久，他的一肚子老书开始发挥作用，不少人和他学书法，他总是反反复复地教“壶”字，乡间周边，很多人都能写出一个像模像样的壶字，不逊于三流的书法家。我跟着老友根学古诗词，老茶壶尽拣带壶的诗词教我，比如“一片冰心在玉壶”，他极尽演绎，说玉壶就是我爷爷的梅花壶，冰心则是爷爷的上海故事。我不以为然，老茶壶老友根早已老泪纵横。

花白之约

“门前的花开了，突然就想家了。”微信圈中看到这样一句话，还有配图，其中有一种花开得耀目，打开来看是白玉兰花。花开了想家，家本来就是花儿的窠臼。白玉兰花好看，白得纯净，大红大绿的统领里，独立，无俗气。微友发的图文，是动了点心思的，不免让我产生了些情绪和联想。

在春天里缱绻，花白之约是少不了的。白色的花是春天花中一味，如是糖米油盐酱醋茶，缺了生活就不周全了。红花热闹，黄花养眼，白花给人带来的，只有冷静。在春天的喧嚣里冷静一二，还真是件好事。春花乱性，菜花疯就是明显的例子。

似乎大红大绿大彩的花朵，是我们骨子里的东西，爱之深，也爱之切，对白色的花，我们多有排斥之意，冷色调，令人沮丧。记得奶奶九十岁那年，春天时，家里亲戚从云南捎来了一盆茶花，奶奶喜欢。可是开放了，却是刺目的白，奶奶一气之下，用拐杖把茶花扫了个精光。奶奶讨厌白花，尤其是在高寿的年龄段。我把残败的白茶花收拾起，可能是伤了元气，之后的日子，白茶花就没见好好开过。

不过，我从心底里对白色的花不反感，还有情有意地爱着几种。

白色的花和红色、黄色、紫色的花，在我心中一样有地位。

白色的花中，荞麦花最白，白得没有原则，从荞麦田边经过，看一眼雪白的花，世间就再无颜色了。白色覆盖世界，当然先从心起。能和荞麦花叫板的，唯有油菜花，一白一黄，都能惊天动地。但荞麦花更有烟火味，油菜花拒人千里，闻多了脑仁子疼。小时最饿的日子就是一白一黄花开的时候，青黄不接。黄白二花提示，忍住了，日子就好过了。荞麦登场，磨出的面黑，白黑二道，又如人生。

玉兰花多姿多彩，白是其中之一。白玉兰花如杯盏朝天，偌大的容器，似乎能盛下万物乾坤。“已向丹霞生浅晕，故将清露作芳尘。”白色生浅晕，杯盏盛清露，早不是小情趣了。白玉兰先花后叶，白成一团，再绿为一片，之中用簇拥的光阴过渡，适时也适景。不知何时喜欢上白玉兰的，她毛笔样的花蕾，如是要向苍穹书写，让我的目光痒痒的，找不到搁浅的地方。

栀子花也是我喜欢的白花之一。栀子泼皮，折根枝插在水田边，栀子就成树了。栀子的花在端午前后开，整树的开，香透半边天。栀子花香浓，霸气的香，不令人生厌。有些花可以闻，闻上一口不错，但绝不想闻第二口了。我对栀子有感情，感情来自她花的白，花白如信号，顶在栀子树的枝头，为我指引归去的家的方向。花白、花香，足以照亮崎岖的路。栀子太像一盏盏灯，素手折下，也就点亮了。

再有就是茉莉花了，她是白花中的精灵，香不用说，美不用说，关键她有隐喻，就凭一首《好一朵美丽的茉莉花》的歌，这白色的精灵就将是不朽的。第一次见到茉莉花，是七十年代，在一个诗人家，我惊诧于茉莉的香味，疑是来自天际或诗人的诗行。诗人告诉我，碧绿的植物叫茉莉，一个漂亮姑娘的名字。诗人还为茉莉花写诗，读给我听，我以为写得不好，就没有记进脑子里了。

也有收获，从诗人家剪了茉莉的枝条，回家就插下了。茉莉好活棵，花头满，从春到秋就不闲着，香气涟涟，如是梦里雾里近于仙境。赏茉莉心要静，心存崇高，才能把茉莉花欣赏透了。(忘了讲上一句，所有白色的花都不暧昧，和色情无关。)所扦插的茉莉，如今还活着，当然是一茬茬新的枝条。诗人现在也还写诗，送我诗，但不如他书房的茉莉花精彩。

白色的花太多，可列举一串，钟爱的有限，掰着指头数过来，之其间应有槐花的位置。槐花白，但白得不够纯粹。乱花迷眼，用在槐花盛开时确切。不纯粹的白，聚集在一起，仍是刚性的，月爱落在槐花之畔，喁喁私语，月宫的事就和民间沟通了。

与花白相约，白色的花事就是一盛大、流动的盛宴，花白是主菜，帮衬的却是五颜六色。白色的盛开从不拒绝各色花的绽放，甚至乐于为背景，把红黄紫绿拱到前台。

晚上，月有半边，洒在阳台上竟是满的，一棵茉莉、一株栀子都有心思，她们漫不经心，开花的日子还早，她们可以放松、惬意。我的眼睛迷茫，似乎和感冒有关，眼前是白，雪样白，茉莉花般白，栀子花般白，而这些白是披在所有绿色枝头的……残雪融尽，只能是花了。花白之约，可非得在梦中？

回到萝卜白菜

在别人问最喜欢吃什么时，我总是不假思索地回答：萝卜、白菜。没有犹豫，萝卜、白菜是我的最爱。

回到萝卜白菜，对我而言是个回归过程。过去肉食紧张，凭票，月均四两，肉精贵，吃上一顿还不知下顿在何处，对肉的馋劲，如肚子中长了双手，一个劲地往里拽。很长一段时间里，见肉走不动，不仅是我一个人。

到了无肉不餐的好日子，突然对肉有了厌倦感，至少我是这样的。萝卜白菜保平安，常挂在我的嘴上，也搁在心间。

我厌倦肉，有吃多了的原因，少吃多有味不假，更多的还是心态的变化。肉肯定要比萝卜白菜好吃，肉食者谋，谋的是大事。我从来不怀疑，肉是美味，同时，对大块吃肉、大碗喝酒的人，充满了敬意。

陷入阳光和雾霾的城市，时而让人无奈和迷茫。在城市穿行，肉味充斥人的鼻息，肉密集地冲锋，让生长植物的泥土，突然生分了。我特别理解，一些小区居民想着点子，在绿地的边缘种上几棵萝卜白菜，萝卜白菜提心吊胆地长，但也长得葳蕤、茁壮，当菜吃，也不完全是，主要的还是过过眼瘾。

城市发展太快，快得眼花缭乱，匆匆涌入城市的人，脚上的泥还没洗净。城市的新鲜劲很快过去，剩下的是拥堵和嘈杂。刚刚跨进城市大门的乡间人，突然不适应，突然不知身在何处，想回，可再也回不去了。于是，在吃着大碗肉食的时候，想到了青菜萝卜，想回归到青菜萝卜垂下的阴凉里。

乡愁，在城市漫延，这慢性病难治，青菜萝卜是味好药。有人种，有人看，看上一眼也止痛退热。

回归这几年热，或许还将长久地热下去。节假日大批城市人向乡村涌，为乡村阡陌折腰，为野花野草垂下热辣辣的目光，在陈旧的屋檐下躲雨，在老槐树下数落时光，更多的时候吃着乡村土菜，当然会有青菜萝卜，吃得火热，也吃得留恋。

青菜萝卜做着主角，畅想或者低沉，这泥土里最一般的生长，牵扯着城市的心。

回到萝卜青菜，对我而言还是一场有声有色的心理历程。向往城市而抵达城市，在很早的时候，无疑是我孜孜的追求，城市具有巨大的诱惑力，她的花团锦簇，她的流光溢彩，都是我梦中的驰往。好在我得到了，不过在得到之后又顿生出迷茫，城市虽好，却藏着难以忍受的旮旮旯旯，让我陡生出挥之不去的愁绪。

实际上回到萝卜青菜是我心的选择，一个人心得有个寄放的地方，乡村的故乡是个好的去处，而乡村是由萝卜青菜构成的，故乡可以因种种原因从物理上消失，但萝卜青菜不会随时间灭亡，有它们的存在，精神上的故乡永恒。

萝卜青菜还是我文字的指向，写乡土我坚持了二十多年，总感到萝卜青菜写不完，萝卜为根，青菜为叶，有根有叶，文字这棵有趣的大树，就会好好活着。

萝卜青菜各有所爱，和喜欢大块吃肉同理同道。不用说，我已经融入了城市之中，但时而乡愁，时而为乡愁耍些小性子，当属正常。回到萝卜青菜，自然是使小性子中的其中之一。

“采葑采菲，无以下体。”菲为萝卜，《诗经》中有记载，它是中国的原产。“青菜青丝白玉盘，西湖回首忆临安。竹篱茅舍逢春日，乐得梅花带雪看。”青菜参与春天的抒情，也准确入微。如此回到萝卜青菜，又回归到了大时光的骨子里，真切，曼妙。

见 柳

我去见柳，看望青色初来的柳、老友般隔了时日的柳。柳芽萌发，还在娇羞中，我的目光可会打扰她?

熟得不能再熟的诗句在风中飘：碧玉妆成一树高，万条垂下绿丝绦。不知细叶谁裁出，二月春风似剪刀。诗合柳枝，摇来曳去。贺知章懂柳、知季节，二月剪刀，估计是先剪了他的目光，再剪细节，有疼点，更多的是泪点。

我见的柳临水，如逐水而居、乐水的人，将身子俯水，像是极渴了，要狂饮一场。柳是老柳，铁黑的杆粗壮，半腰漏空，似乎装满了既有前因又有后果的岁月故事。枝条却是青色着拂动，偶尔纠结，也是匆匆地散开，让阳光吹送进暖意。枝条上的叶芽是鹅黄的，说是绿，还欠些火候。不过鹅黄更值得期待，翠绿才是老柳终了的心曲。

最早关注老柳是在一个深秋。万木萧瑟，黄叶翩翩，寒风时而灌来，挂在树上的叶早无了恋枝的意思。而老柳仍然绿着，只是眉状的瘦叶，似蹙非蹙，多了成熟的凝重。凝重的美叠缀着，如是在等待秋风，把浸淫的美一层层剥开来。树干上的漏洞，汪满阳光，有秋虫在其中游动。低吟沉醉，我听到了蟋蟀的鸣叫，兀自想起了流沙河《就是那一只蟋蟀》的诗句：就是那一只蟋蟀／钢翅响拍着金风……落在你的院子里／夜夜唱歌／就是那只蟋蟀／在《豳风·七月》唱过／在《唐风·蟋蟀》唱过／在《古诗十九首》唱过／在花木兰的织机旁唱过……乡愁的琴瑟弹拨得我心乱情迷。

老柳无言，款款的婀娜，秋风秋寒黏着，秋是它的，好像也不是，它只顾绿，挽住阳光，似在作一场来自久远的恋爱。我的心一次次震颤，老柳算是一棵病树了，病树前头万木春，可秋天又如何呢？

秋天的老柳枝条沉垂，众多的叶尖撩水，和残破的荷叶相近，针线样要缀补荷的裙裾，残荷不领情，秋风中一缕缕的更加褴褛，倒是几尾调皮的小鱼，追着撩水的叶尖，将清波涟漪搅碎，再搅碎了。

是景，是思绪，是追忆。

我伫立老柳下，我以为我找到了一种状态，一种生存和生活的态度。

我要常去见柳，见一株临水的老柳。

柳之于我亲切，小时插柳，嘴中念叨数九歌谣：一九、二九不出手，三九、四九冰上走，五九、六九河边看柳……无河，就将柳插在田边、塘岸，实际上插柳是玩，从没想过插来一棵柳树。无心插柳柳成荫。那么一玩，往往柳活了下来，成就了一地柳丝。故土多柳，许多年后感慨，柳是我玩出的，是一首歌谣唱出的。

柳可能更接近于草，它卑微，也是抒情的。剥皮做柳哨，和芦笛有一比，哨哨的声音，可引来鸟的歌唱。两只黄莺鸣翠柳，保不定是柳哨诱惑的。折柳枝编帽，戴上了，太阳就找不到我的去处，做一个绿色的隐身人，就成了土地上的一穗庄稼。至于折柳相送，这份优雅，是我小时的梦想。执手相送，我送的柳枝能在另处插下生根，我不就相随而去了。

有一年去新疆，沙漠无际，却见一抹抹绿孑然，走近方知是柳，左公柳，左宗棠的遗存，柳荫洒下，但感难得的清凉。前人栽树后人乘凉，一棵棵老柳，作了最好的诠释。有晚清告示发声：“昆仑之阴，积雪皑皑，杯酒阳关，马嘶人泣，谁引春风，千里一碧。勿剪勿伐，左公所植。”

感佩之余，又作畅想，如若折柳相送，我或你，就把柳枝插下吧，柳枝生柳，一路陪伴何有孤独之怨。

我去见柳，见一株临水的老柳。惊蛰刚过，虫蛙的声音微弱，老柳生风，一为浅淡的鹅黄绿，二为波光中的柳倒影，三为老杆漏洞中初露的蟋蟀触须……

空　树

我说的空树，是落尽叶子的树，是没有了形容词的树。

空树站在冬天的当口，枝杆伸出去，把寒冷当作一杯酒，一仰脖子喝了下去，将好酒、好酒、好酒的狂吼憋在心里。空树好酒量啊，只是让金属般的醉挑在枝头，如黑色的铁、黄亮的铜。

我是在一地的空树林，仰望天空，听到、看到、悟到的。树枝摩沙，寒意走失。

空树有情性，它们呼应四季，春芽、夏叶、秋果、冬裸，倒比常绿的树多了况味。我喜欢落叶树，比如槐树，春夏透明的绿，秋季黄色的叶，到了冬天只剩下铁黑的枝，向空中毫无保留地刺去，光明磊落。槐有千般好，最好的是无掩饰地暴露自己，残断的枝，被虫子啃出的疤痕，天然的样子，无疑是一段沧桑的岁月了。由此可以去怀念槐花季节，清白的香，直扑胸怀。

想到空山。千山鸟飞绝，万径人踪灭。空山无鸟，而空着的树，却是鸟的家园。鸟恋树，如人恋家。空树不修饰，鸟就成了它们飞动的叶子，儿不嫌家贫，落尽叶的树，再瘦也是家的根底。鸟是留鸟，留下的鸟也是对空树的坚持。我数落着群鸟，斑鸠、八哥、乌鸫、白头翁、麻雀，这些土著，围着空树，谁不在啼鸣着热爱？爱不是问题，爱得深才幸福。

和空树相邻的是绿树，它们浓密的叶，在严寒的冬天，护着枝和干，风一来瑟瑟发抖，颤抖传递，叶茂的树站不稳。去年大雪，夜间听到树枝的断裂声，早晨眼望，断了的是香樟、广玉兰，而乌桕、棠梨们枝干铮铮挺得直。

在一棵广玉兰树下，朋友说，不喜欢这树，花张扬、叶张扬、香张扬。我颔首，广玉兰暧昧，晦涩多于明快，一年到头，谁又见过它的真面目。

记不住是哪位作家说过：作个落叶树吧，在时空中裸露，胜过刻意的隐藏。如若这话没人认领，就当是我说的。我爱和温润的人交往，他们季节分明，花开、叶落都有自己的主张，藏着掖着不是他们的性格，爱憎分明，实在是温润的注解。

冬天的红梅也是空树，无悔无怨地将米状的花蕾散布在枝头，之后的花也如此，灿灿的红美美的香，花语硬朗，却又让寒风中的爱情，热烈成火。我所住的楼下，种着四株红梅，她们是我霜寒雪天的寄托，一朵红梅花是希望，众多的红梅花就是流淌希望的河流了，随河流而去，春天就解冻了。这样的空树空吗？空是留白，留白里有心跳，有谈一场恋爱的冲动，挥挥洒洒，不需要飞沫般的墨点。

空树有旧意，如笔记体小说，如明清时的小品文，耐读、耐品。文字无修饰，打动处在流动的情和处事不惊的机警。枯笔亦如空树，古色的墨，一笔带过似刀刻。

面前有孤树，独自地空着，它在等待，等待雪、等待风、等着阳光、等待春天，都来吧，兼容并蓄，留白处，是海洋和胸怀。朋友大声惊呼，好美！是的，阳光下它伟岸不失谦逊，坚硬透着柔和，它顶起的是一片天。我告诉朋友，这是一棵老榆树，皮可食，花可食，它曾充当过救苦救难的菩萨，还做过摆在案头的盆景，不过最苍劲是在叶落空枝时。

空树有三德。一曰磊落，再曰遒劲，三曰斗寒。我立于空树林，听凌空风的呼号，枝干相碰，日月深沉。

楼下小院

楼下小院子本来住着一对老夫妇，如今人去院空，但四月天春光仍是满满的，小院子并不显得空落。

说是院子，也只不过用铁栅栏护了一块空地，拦住一些脚步，轻易地不能迈进。

院子里栽有一棵桂花、一棵红梅，临栅栏处栽了棵柿子树，大多枝偏向院子，洒下了众多的阴凉。

红梅春天开，桂花秋天香，小院子不落寞。令人欣喜的是院子的主人种有一缸荷，开多瓣红花的荷，叶漂亮，花漂亮，填补了夏和冬小院子的空缺。夏天不用说，荷花挺伞、花灿烂。冬季下雪天，残荷尤在，铁色样的枯叶映雪，小院子也不寂静。

残荷是刻意留下的，我听过两位老人的议论，似乎是女主人的意见占了上风。

老夫妇多数时间同出同进，相伴着还有一条狗，白色，长得极精明。

我喜欢扒在阳台上看楼下的院子，院子让我有想法，比如想起故乡。故乡的院子，哪可是我梦常回的地方。

如此，也就常看到两位老人，或在进出，或在院子里打理。院子是需要打理的，两位老人还种了些蔬菜，白菜、萝卜、葱、蒜，零星的，不成阵势。应该是当花养的，长得极葳蕤。

零星的蔬菜中，有一年，我还看到老人栽了两棵棉，长得半人高，花开得好，桃结得多，吐絮的日子，两个老人围着，一天数遍的看。

当然，我跟着沾光了。

楼下的院子一点不私密，栅栏不关风，重要的是有我居高临下的目光。

免不了想起儿时农村自家的后院，栽有树，栽有瓜果，栽有我的秘密，后院子几乎是小小我的天堂。院子谨慎得很，一面是房子，另三面用土坯垒，高过成人的目光，要想瞅上里面一眼，还真的要费番工夫。

记得我家后院种了些花，有栀子、月季之类，都不占地方，靠在墙边，地让给茄子、辣椒、黄瓜和白菜，花和菜各得其所，旺盛的交给季节。有一种叫太阳花自生自灭，在墙角边自言自语、五颜六色的开，也有混入菜墒的，和蔬菜混为一统，热热闹闹的绽放。爷爷说，太阳花下藏过太阳，晒不死。试过，确实如此。

楼下的小院子，也有太阳花，长在石缝间，生生灭灭，就不曾断过。两位老人也是喜欢的，不止一次见他们踮着脚，绕过奔放的花朵。

所谓爱屋及乌，但对两位老人起先我是喜欢不起来的。曾有过不愉快的经历，一次在阳台上晒毛毯，应是风吹滑下了一楼的院子。下去找，两位老人一致地说，没见。也不好说什么，丢就丢了吧。不过，心中有了块垒。约过了十来天，毯子在院子的栅栏上出现了。我下去收，无意中回头，发现两位老人躲在窗户下，脸色不好看。

小院的风景持续，梅花、桂花树长粗、长高，院子栅栏边的柿树也密密的挂满果子。我趴在阳台上看院子时间断断续续，隔三岔五地和两位老人的目光有交集，老人的目光渐老，同时越来越柔和。一年深秋，霜下得紧，两位老人突然敲开了我家的门，送上了一蓝红柿子，齐说，甜。又说，对不起。我拿起柿子，沉甸甸的。忙将两位老人向家里让，老人不愿意，说了句意味深长的话，果子是吃的，不是看的。

没等我反应过来，两位老人已下了楼梯，步履踉跄，银发闪闪的亮。

楼下的小院春秋依旧，遗憾的是两位老人先后离开了人世，形影不离的白狗也哑了嗓子，不知去处。

小院中的红梅、桂花、荷花不误花期，柿子树年年挂果，太阳花开得更多更旺，只是当花种的蔬菜儿不见了，小院显得有些荒凉。

今年四月天，我看到了两位老人的儿子、媳妇，他们在院子里顾盼。我第一次走进了楼下的小院，兀自猛烈的春气扑来。桂花、红梅叶绿，缸中荷小叶如钱，浮泊可亲，太阳花蚁状吐芽，柿的叶鹅黄，地气汩汩的抬升……两位老人的儿子话多，说他的父母，也说小院。他的父母都是真正的农人，进城过日子，憋屈他们了。儿子叹息着，好在有个小院。

我问两位老人儿子，房子卖吗？答我，不卖，院子太好。

晚上，抬头望月，月不周全，却清朗。低头楼下的小院子月辉满满，有鸟的低吟传来，辨不清来自桂还是梅和柿，树上有鸟巢，已不是一年两年的事了。突然又想起，我老家的后院子，推开门扉，总有夜鸟惊飞。

栾树小语

艾吕雅有妙句：心在树上，你摘就是！这用在栾树上，既贴切又诗意。

秋天栾树的种子是心形的，彤红的如在跳动着。心多，多得满枝都是，小风吹过瑟瑟响，响声细腻密集，似在比着，看谁的动静能把尚在干燥中的秋天润湿了。

秋高气爽，栾树自然高大起来，它们的高是和天空有关的，天空养鸟，也养提供栖息地的枝头，栾树的绿枝擦亮浮云，天又高上了一大截。

于是栾树的心跳结在了半空上，夜晚若是闪烁的星星，在月光里还原本色，自然的本色，土地的本色，与生命有关的本色。

摘吧，跳起来摘，把心捧在手上，那是一份从此岸走向彼岸的情节。

有些日子没见栾树了，你推开爬满蛛网的后门，穿堂风凶猛，一只喜蛛打着秋千，和你撞了个满怀。乡土人喜欢喜蛛，它是喜事象征，和喳喳叫的花喜鹊都是吉祥之物。喜蛛落肩，喜鹊登枝，可是喜事临门。

喜蛛的丝线从栾树的枝头悬挂而来，一条小路样挂在透明空气里，又像一挂小桥，跨越时空，把家门和栾树连接在一起。你的心兀自柔软，归路遥远，一根丝线连着。

栾树伴着你长大，起先你和它比着身高，没过一年，栾树高过你的头顶，再一年，你就在它的阴凉下，做了一个又一个梦。

你的目光牵着喜蛛的丝线，跃上了栾树的枝头，好一个高耸呀，那触云的枝头，岂是眼睛能够完整抚摸的。

你不甘心，跳跃起来，目光跟着跳动，一树的栾树果子也跳动，它比你永远长得快。

无法不想起小时候，你的父亲在后院里栽下幼小的栾树，浇下定根水，你还挤出一泡尿，洒进根部。父亲“哈哈”大笑一通，童子尿发旺树呢。

那是初春，你的母亲在小栾树下点了一眼南瓜，南瓜开花，栾树的叶子伸出了手掌，似椿又似楝，却没有椿和楝的苦味。父亲告诉你，这是栾，一株异样的树。栾是外来户，还不知它的小名。

南瓜老了，高过人头的栾开花结果，花黄而碎，果心形，又似荷包，在树枝摇摇晃晃，如乡土人的醉，人醉心明。

心形果老成了，你摘下剥开，又随手种下，没料想春天里萌芽，又生出了新的栾树。

当栾树的枝头结上喜鹊巢时，你开始学着离开家门，那天一只喜蛛从天而降，你的双肩为之一振，好重的分量。

喜蛛、喜鹊，双喜临门，你感谢栾树，你想抱抱它，却看到父母在一边泪眼汪汪。

你想念栾树，常回家看看，总把车停得远远的，看着栾树的枝梢，一步步地向家的方向移动。

故乡老了，家比故乡还老，老得不需和人打招呼。已经没人可招呼了，老了的家，嗓门失去了声音。

你推门，门没吱声，院子里的栾树不吱声，栾树枝头的喜鹊窝不吱声，也是空巢了，空穴来风，风吹着口哨。

你已知道栾树的小名，大夫树。大夫树曾为士大夫守墓，青枝绿叶，坚定却不愚昧。栾树有心，把心撕开了，种子就在民间走动。

你还记得，你第一次握着的砍草刀把是从栾树的侧枝上砍下的。父亲说，栾树光滑不磨手掌，伢子的手嫩。你握着这刀，手掌长出了老茧，把一个秋天割痛了。

那个秋天，你靠在栾树上，一粒粒心形的种子埋没了双眼。

你关紧后门，蛛丝没断，喜蛛又从栾树上滑下，它代表栾树送你。

我在栾树的林荫道上行走，风摇树枝，一地的栾花，软性的金黄，倒让我不忍心迈步。

叶绿、花黄、果红，我的秋好丰富。

我又在一个夜晚读到了栾果，史铁生的手心捏过一粒种子，那是栾的心，史铁生包容苍穹的荷包。

小雨菲菲，我推开窗户，窗户外有栾树，君子风范，绿叶护花，荷包样的种子收藏着天和地的心思。

心在树上，你摘就是。我不会摘的。

那片故乡的艾草

艾草下的土地，故乡一方最古老的风景。草声沸腾，泥土散发原始的香气。

一匹青虫在六月天鸣叫，它的牙口镶嵌绿色的苦味。苦香，苦香，苦而香得周正。

那片艾草顶在故土丘陵地的腰眼上，高处是棉花、豆棵，低处是一抹抹梯子状排列无序的稻田。

艾草没腰，正是故乡绿在深处时。

野性的艾草无主，如葳蕤而无处不在的尖茅草，谁是它的主人呢？无主的草生命澎湃，它经历过的日月，只有根下的泥土知道。

抵在土地腰眼处的艾草，故乡心跳听得最清楚。

小时我喜欢在这片艾草边玩，半亩方园的艾草若是乐园，艾草清香，少有毒虫，投下的阴凉足以藏住我小小的身影，何况周边豆子、棉花、秧苗生动，连灰灰草、红蓼子、火把草也别样的丰盛。

端午到了，村子里家家屋檐插艾草，约定俗成，艾草必来自乡土的腰眼。艾草无须种植，那片和稼穑一样的青葱，保证了门前绿色的旗帜呼呼的飘扬。按奶奶的要求，我总是踩着露珠去折艾草的，艾枝不采多，五六棵就够了，奶奶一再叮嘱。折艾草的人多，通向艾草地小路上的露珠，也不知被踩碎了多少。

我拖着艾草回家，心中有说不出的激动，端午有太多元素，屈原、龙舟、粽子、雄黄酒，每一样，都足以高兴得跳起来。但失望相伴而生，屈原、龙舟、雄黄酒只是故事和传说，糯米有，粽叶难寻，粽子也就成了想象。端午吃上粽子，已经是许多年后的事，不过剥开粽子来，我就想起故乡的艾草地，那揣在故土腰眼上的明快。

艾草做了端午的主角，和香蒲一起，插在故乡的屋檐上，那仅是乡村节日的一个记号，标示着一个日子的来临。不过，从爷爷的口角，我知道了屈原和《离骚》，记住了“路漫漫其修远兮，吾将上下而求索”的诗句。我路的起点，应从艾草开始。面对艾草、菖蒲、屋檐，我感到自己也是个诗人。

艾草苦且香，苦后余香。故乡的那片艾草自然是苦和香的。它窝在丘陵的一隅，小小的领地夹杂着白蒿、茅草、夏枯草之类，间或还有小兽狂突，惊得艾枝乱颤。艾草地的存留成为问题，半亩的土地可兴出一片庄稼来。拖犁的把式，总在艾草地转悠，犁把一偏，艾草地就少了一圈。

我开始有了疑问，艾草地起于何时，又起于何人？答案简单，若干年前，占地为王的土匪头子，在丘陵的腰眼和日本兵血战，最终被迫击炮轰成肉泥。这土地便闲了下来，长出了大片大片的艾草。

故乡人把艾草地留给了王，没有坟头，艾草却又长得半人高。王是艾草，打家劫舍为苦，抗击日本侵略者为香。艾草还真如男人，无花发自内心香。

除了端午和艾草的交道打得多，孩子百日，洗艾草澡，在艾水的沐浴里激起人生的第一片浪花。做母亲的还会用揉软的艾草擦拭孩子的牙关，让苦味留在孩子最初的记忆里。据母亲说，我在洗百日澡时，在艾水中不愿起身，但擦拭嘴时，却把母亲的手指咬疼了。母亲指点我的额头，儿子吃不了苦呢？既嗔又喜，苦可不是最好的选择。

使牛的把式手软了，一代又一代，他们的犁梢偏离了艾草地，艾草蓬勃，卧在丘陵腰眼上的艾苦艾香成了一块庄稼的飞地。艾是宿根植物，它们盘根错节，组建了骨头般的硬朗。

故乡拆迁，城市化了，艾草地也成为城市交响的一部分。村庄被装进一幢幢楼里，村里许多家栽植了艾草，阳台上占据或大或小的地方，一律挺着腰身，淡淡的挥洒香味。艾草的根来自故土的腰眼，沉稳大方。

又到端午，艾草和菖蒲还是要插的，只是屋檐太高太大，都悄然地摆在门口。艾草来自故土的根，苦香没变。剥着粽子，故乡的人牙口细密，小口斯文，城市人嘛。他们会吟诗：每逢佳节倍思亲，遍插茱萸少一人。亲人都在，少的是故乡和揣在丘陵腰眼上的艾草地。

拈花惹草

几乎没有人在春天讨厌花草，花灿烂、草葳蕤是春天的象征，花红草绿组成了春天，组成了春天的多情与柔和。

清明前后，花草的气韵澎湃，绝大多数的草绿了、花红了，踏青的脚步也多了起来。草与花是连带着的，有草就有花，有花就有草的浅吟低唱。草卑微，仅就是春日里被歌唱，剩下的时间，往往面临杀戮和拔除，甚至是一把火的痛苦。花一直被宠爱，她是美丽的最好表达者，是花就被喜欢，香有香的传送，毒有毒的说法。

但在春天，草和花有同样的地位，拈花一笑可定格，惹草顾怜也很美好。在花草的面前，就是在春天的面前。花草托护春天，春天拱起花草。

移步春天，实际上是穿梭在花草之间的。小草低于尘埃，最多是和尘埃持平的，这不起眼的渺小，一旦抱团为绿，沉默的世界就欢腾了起来，草的空间兀自提升了许多。提升的空间容下鸟的翅膀、蜂蝶的飞翔，当然也浮泊起了人的脚步。花却是择枝头的，什么枝头开什么样的花，什么样的花栖息什么样的枝头，倒让人生出奇想，花是有家的，她们总在自家的窗口探出各自的笑容。行走肯定是在如此笑容的拂照中，有笑容伴随，移动的脚步，必然的轻松。

上午阳光好，就去做拈花惹草的事了。

山野花草密集，自然是拈不完惹不尽的。花草有心，拈一指惹一指，草传花动，整个山野颤微出特别的奇妙。春在生长，足足的在草尖花瓣上体现，草嫩花柔，春的意味仍不深长，敞开衣襟，微微的寒意还想着法子向人的怀里钻。好在阳光从花草缝隙里洒下，大地升温，反弹出暖意，挂在了草绿花红上。

奔山野，奔春奔花草，又不完全是。一个人为山抒情，为曾经山岙中的一些人建立群像，用光影回顾一段历史。这是一个真正的拈花惹草的人，不过所拈所惹花草有古禅之意，一石一木为花草，一堡一宇为花草，一水一土为花草，他拈得专注惹得到位，让一段历史，在春天里回应，金戈铁马或镝乐婉转，绝非是故事和传说。

一拈一惹，光影疏离，一幅画轴徐徐打开，数百年前的春天，竟然和今天难以找到丝毫吻合之处。如真的有，也是今天的花草，沿用了过往的土地和扎在地脉中的老根。

这人也在春天被拈惹着，众多人用目光和语言抚摸他，体会他和一座山的温度，以及他与山混合在一起的喟叹。他把自己当作了山草山花，花草在山石里扎根，他的生命挺出了坚忍和博大，所有的拈惹便显得不再多余。

在汉语词典里，拈花惹草不是个好词，暧昧的成分多于明快。可在春天的山野，面对散漫的花草，以及如花如草的他，拈花一笑，惹草动心，还有比这更有意义的吗？

拈了惹了，手有余香，心有溪流，另一方春天，蓦然生成。如此，拈花惹草又有了新的情怀和演绎。

回途，在一桑农之家小停，看成千上万的幼蚕在桑叶上蠕动，它们如蚁，黝黑的身子泛着铁的暗色，成茧化蝶，还将有长长的路走，它们埋头于嫩桑上，将叶脉咬破，认真得从不抬起头来。陡然有了感悟，这些蚁蚕，才是拈花惹草的老手。“春蚕到死丝方尽”，拈花惹草一辈子，丝丝缕缕，自得自如，这也算拈花惹草的另一解吧。

路边盛开的海棠成景，萋萋的芳草连片，她们独自唯美，拈惹与否，真成了问题。交给眼睛吗？看进眼睛里也是拔不出来的。

春如此，拈惹自由亦无度。

鸟鸣天空

我喜欢鸟鸣的天空，辽阔，深邃，可供更多的想象，舞台大了，歌声才能嘹亮，当然这舞台最好是整帧的天空。

凌晨四点五十七分，立在枝头的鸟准时大声啼鸣，我注意了许多日子，这是小区里最早的歌唱，干净无杂质，婉约无繁华，水一样流，风一般吹。之前是否有更早的？若有，也是夜鸟的惊啼，和晨光、晨空无关。啼鸟是立在高处歌唱的，伴着晨风露珠传递，入耳新鲜湿润，如一篇被朗诵的散文，浓淡相宜，抓人得很。我不止一次打探啼鸟的名字，终还是放弃了，小区多鸟，乌鸫、斑鸠、喜鹊、画眉、铜嘴、绣眼、麻雀、白头翁，就当它们在轮值，是鸟就能唱出好听悦耳的歌来。

早起的鸟儿有虫吃，四点五十七分的鸟，肯定不是为了虫子，虫子们还在睡觉呢。看来只是为天空了，早来的天空，浮尘不起，多么鲜活。

我在这时醒来，有梦也只做一半，断了的梦鸟鸣的天空续上。开灯读书，每页都那么精彩有趣。有时也写上几句，文思喷涌，大有止不住的势头。多数时候，我是专听鸟鸣的，闭着眼让鸟的精锐之音萦绕在我的脑海，抚摸我身体的每一寸皮肤，体会大自然布下的巧妙和博大。心由之而走远，轻轻飘飘地进入另一个世界。

几乎每次在凌晨听鸟鸣，我都会想起故乡若干年前的早晨，一只叫“喳个郎”鸟的叫声，它的嗓门奇亮，不变的啼鸣为“大姐起来梳头”“大哥起来使牛”。故乡总是被它喊醒，之后是使牛的吆喝和升起的袅袅炊烟。乡村之计在于晨，鸟记着呢。“喳个郎”一袭黑色的衣服，具有穿云拨雾的翅膀，故乡人喜欢它，把它定位为益鸟，和紫燕有着同样的地位。

一只鸟的晨啼，让故乡的女子头脸光鲜，故乡的汉子勤劳用心，故乡的天空自然多出了五彩斑斓。

不梳头、不使牛的我，也是早起的，赶着鹅下地，或者拎着篮子挑菜，故乡不养懒汉，我的骨子里有了鸟啼撑高的天空。

故乡天空落在地上。庄稼茁壮，小草葳蕤，瓜果拉蔓，碰落一粒露珠，就会洇染出一分收获。我喜欢追寻“钻天子”，它的叫声直奔蓝天而去，天有多高，叫声就有多么深远。“钻天子”爱卧在紫云英的花海里，我在花海打滚，惊动了它，于是一串叫声带着花香冲进天空，破云逐日，碎碎的余音，滴在我的仰望里，童年的日月升得好高好高。

一些年，我在心中大声疾呼，故乡的天空是我的，谁也抢不去，好生的自信……

实际上对鸟声的追逐，何止是早晨，几乎是我一辈子的最爱。由于工作的原因，我常去乡村，工作之余，我会在村落的周围游荡，如一只流浪的小狗，寻觅充饥的食物。我的食物就是一声声鸟鸣，这几年鸟啼稠密了，总是让我内心充盈，时不时噘着嘴，回应上一两句。我懂鸟语吗？不懂，但明白，鸟奔善意处，鸟声布陈的地方，一定天善、地善、时善、人善。

有了孙子，我从心底里爱他，隔代亲。我抱着他、牵着他的手听鸟鸣，隔着枝头寻找鸟的身影，同时也眺望鸟的翅膀擦亮的天空，我耳语般地告诉孙子：没有鸟语的天空，所有的夜晚的星星都是暗淡的。孙子太小听不懂，莞尔一笑，原来是说给自己听的。

昨夜大雨，鸟的啼叫没被淹没，四点五十七分，鸟声骤起。此时，雨还在淅淅沥沥下，天色微明，树影婆娑。我披衣下床，推开窗户，鸟声清明，窗前的合花正盛，鸟语花香，竟推得我踉跄。

手头正读《大自然笔记》，文字中有太多玄妙之处，恰和鸟鸣契合，不禁心旷神怡。一个早晨绝好的天空，由表及里地被打开了。

不久众鸟合奏，孙子也醒来了，他咿呀咿呀学语的腔调，又是另一种歌唱，如“钻天子”。

清　冷

天陡然地冷了。无雪的冷，我称之为清冷，对冷我有自己的理解。一种自然现象在人身体上的反应，接受或不接受都是被动的，一年四季用冷来总结，倒是好的结果，由冷而衬托温暖的过程，是不错的选择。

清冷有意思，似乎不知冷从何处来，地上冒出还是天空降下？就凭自己的理解了。下午一人在家，为清淡的时光翻书，没有目标的读，时光在冷色调里氤氲，时而为一些精彩的段落兴奋，清冷反而离我远了。

实际上是喜欢雪的，雪是大自然的留白，在空中飞是留白，存在地上是留白，重要的是心可以在这留白中寄存，冰心一枚，可清静自己的世界。我一直以为，雪是介乎于阴阳二气之间一层薄膜，捅破了，二气交融，天地就和谐了。

清冷的天是适合孤独的，孤独也是种境界，而清冷正是这境界的氛围。我不止一次地看到寒鸟的身影，在寒风中独进独出，甚至关闭了歌喉，独享停歇的枝头。枝头也孤独，无叶无花无果，似乎生命停止了，而内涵里它是在梦中的，枕着寒意，梦很温暖。只是我不是枝，不知枝的快乐。二十四个季节气中的第二十一个是大雪，古人有智慧，大雪三候，谓之：一候寒号鸟不鸣；二候虎始交；三候荔挺出。阴气盛极而衰，阳气开始萌动。大雪节气清冷，清冷里是能感受许多的。

记得幼时读画，鲁迅一手持烟，一手拿书，案边是一炉明火，我就猜想，“躲在小楼成一统”的大先生，一定是在清冷中孤独的，窗外不会有雪，雪天鲁迅是坐不下来的。鲁迅是不好读的，得有些历练才可读得准确。同时鲁迅的孤独也是搅和不了的，非孤独成就不了鲁迅。如今有太多的浮躁，找个孤独的境地还真难，好为人师的也多，聒噪不停，就不知道孤独下来，或为别人的孤独提供点空间。

如然冷是条河，清冷就该是条清浅的小溪。鲁迅说刘半农：“半农确是浅。但他的浅，却如一条清溪，澄澈见底，纵有多少沉渣和腐草，也不掩其大体的清。”鲁迅论及的是刘半农的人和文，放在清冷上也是合适的。小时去五里开外的小学读书，要翻过冲地，常见清冷中的小溪湍湍流动，其水比任何季节都清澈，连精心躲藏的鱼，也明白地摆在哪，一伸手绝对逮个正好。

清浅的小溪水常流，总比混浊的、喷着恶气的大河有味道。如若行文，也该如此。故作深沉，非得搞得雾霾冲天，就不好玩了。汪曾祺的短文清浅，却耐读，读后又非得把手伸进流着的小溪中，摸出条活泼的鱼来，这多好。清冷也是这般的吧？

在清冷中享受，冷离我远去。当然，我不拒绝满天的飞雪，继而有些期盼。我所期盼的还有雪中盛开的一盏盏红梅。我每年都会为红梅写文章，雪天的梅花有气度，非凡的气度，往往带出的是飞雪着的晴空。清冷中红梅已经在鼓蕾了，绿豆般大小，枝头缀得满满的，估计她们也是孤独的，清冷中的孤独，连目光都不愿打开。或早或晚我会站在红梅树下，梅蕾点点，还真是清冷的诗眼，推送给我的却又是早到的春意。清冷中的春是天是地，也是我的。

清冷一盏，当酒可醉，当茶就是另一说了。茶在清冷中扮演角色，肯定是主角。下午我和茶交谈，神奇的叶子如舟，我乘着它在清浅的溪中荡来荡去。绿叶浮水，可载孤独。

还要记上一笔，一株老兰在清冷中露箭了，兰有荔质。

桑　果

又是桑果上市时，吃了一颗又一颗，舍不得搁下。桑果好吃，酸甜适口，营养丰富，除之外，对我而言还有乡愁的成分。

“房前不栽桑，屋后不栽柳”，故乡有这般俗话。桑同“丧”音，不吉利。柳指的是杨柳，杨柳又称鬼拍手，风一吹，手掌样的叶“啪啪”作响，吓人。尽管如此，故乡不缺桑树，有桑树就有桑果结。

桑果中包含一粒粒芝麻大的种子，鸟喜欢啄食，果子随鸟飞，种子落下就长成桑。桑也常在房前落户，故乡人说归说，桑长下了，从没见人拔了去。自生的，又不是刻意栽下的。

就有了桑果吃。一到阳历四月天，青青的桑果和桑叶一起生，叶长大了，桑果也由青而红而乌，可尝可品可吃了。

有诗说：“蜜蜂出户樱桃发，桑葚连村布谷鸣”。是了，布谷鸣时，小指头般、乌“嘟嘟”的桑果熟了，咬一口甜蜜流动，微酸又让满嘴生津。

桑果熟了，无疑是我的节日。平时少有水果可吃，桑果满树，怎不令人欣喜。

故乡桑树多，可提起的是棵老桑，粗壮得两个成人抱不过来，也高，快擦了低处的云。奇怪的是，老桑置于水田包围中，独占一块高地儿，孤零零的。老桑肯结果，满当当的，桑果严实。桑果引鸟，鸟刷刷的布在枝头，杂七杂八的鸟，许多叫不上名。

我们自然不闲着，会上树的，猴在树上不下来，和鸟做伴，边摘边吃，一嘴的乌黑。不会上树的蹴在树下，拣食鸟碰下、熟透自然落的桑果，也能过把嘴瘾。

我属于胆小的，树敢上，但不敢上得太高，只能摘半熟的，半熟的桑果酸，不过总比吃不上、拣地下吃的强。

也有生气的玩伴，威胁上高处的小伙伴，如若不带些桑果下来，就挖稀泥抹树，让下来时糊得一身泥。上在高处的小伙伴不怕，一阵子晃树枝，桑果雨下了一地。不敢上树的玩伴得了实惠，早把抹稀泥的事忘了。

三哥个子矮，却像猴子，再高的树也敢上，自然桑果吃了一肚子。不过，三哥有心，自己吃了，还会摘许多，揣在口袋里，悄悄的塞给邻家的大芝子。“矮子矮，一肚拐”，我们跳着脚唱，口中喘的是桑果气。

我家的后院也有桑树，两棵连在一起，小树时就结果，几乎和我一道长，小树果好摘，拽弯树枝就可摘个干净。到有屋脊高时，树还纤弱，经不住人上不去，妈妈就找来旧被单，铺在地上，抱着树摇，一会儿，一层桑果就落满了，捧起大把的向嘴中塞，那美劲甭提了。

妈妈说，我家后院的桑树，是老桑的后代，我相信。故乡的桑树，又有几棵不是？桑树会游走，桑木扁担挑在肩上走天下。我早年曾写过一首诗，还记得这样的几句：故乡的桑/在故乡人的肩上游走/一头挑着粮食/一头挑着债台……诗意不浓，却是真实的情景。

桑果乌黑，甜到心。故乡还有种桑果，成熟了是白色的，不知为什么特别的少，成不了大气候，也就没人把它当回事。说桑果，认定的是乌嘟嘟的黑。

“端午吃颗桑，到老不生疮。端午吃个杏，到老不生病。”桑果，在故乡大有地位。

桑果是故乡记忆中的一个标点，点在我的要害处。这又何止是我呢？

前年，我陪一著名作家去乡村采风，他四处留意，却在一桑园驻足了。桑果正成熟，他顾不得斯文，一头扎了进去，双手不停摘，嘴一刻不闲，大喊：过瘾，过瘾。作家叹喟：又小了，小了。意思是说，回到了儿时，回到了故乡。

桑梓地，桑摆在首位，有桑处，家乡也。

作家叨咕：桑之未落，其叶沃若。于嗟鸠兮！无食桑葚。于嗟女兮！无与士耽……

我突然想到“一肚拐”三哥，三哥已作古多年，大芝子也不知在何处。心一软，桑园起风，桑果紧张的落。

晚上，有桑果吃。八十多岁的岳母买的，洗了又一洗，让我多吃几颗。两周岁的孙子不敢吃，太黑了。我搂着孙子，说我小时摘桑果的故事。孙子听得半明白，说，桑果是爷爷摘来的，竟吃了一颗又一颗，连说，好吃好吃。

桑果滴落，如标点，点上了，抹不去。

树叶的两面

我把自己幻化为一匹蚂蚁，行走在树叶的两面，我不啮食，仅做个观景者。

冬天仍有绿叶，寒冷与翠色的柔和融洽，与雪线相组合，形成了季节叶的风景。阳光飘过，梅朵点缀，裸枝虬扎，翠色映照，这景致是春、夏、秋所没有的，磊落亮堂。

独立寒风，绿叶不言凋零。

作为一匹蚁，我有行走的思维模式，亦步亦趋，步步扎根。树叶正反两面，恰是书的一页，正面的内容丰富，反面藏着精彩。绿叶葱葱的树，不论大小，自是一本可圈点不缀的大书。

我必须为落在树叶正面的太阳喝彩，浅浅的一层温暖，如舞台上的灯火，洒下表演中的彩色，驱散黑暗中的情节，让故事以悲剧的形态开始，喜剧的形式结束。

叶为舞台，我是蚁，我行走，我是主角。

冬叶的舞台允许阳光舞蹈、雪花奏乐，我不担心滞缓的脚步，踩断蚂蚁的腰杆。

舞台上的音乐，以独言的小提琴开启，那天籁般的声音和雪花同降，濯染绿叶，我只需小而又小的空地，供我竖起触角倾听。最好是《梁祝》，那凄婉的声色，“碧草青青花盛开，彩蝶双双久徘徊，千古传颂生生爱……”，在雪中将把我存身的地域拓展开。处身舞台，我会是隐士般的主人。

我确实听到了小提琴的独奏，曼妙的少女，一袭白裙，藏在雅致里。很好，很好，幽于红梅初绽的渊薮里，她对着太阳拉动琴弦，情思漾动，舒缓的乐章进入我生命的深处。

伴着琴韵，移步叶的背面，蚁命微薄，令我胆怯，蚁命草芥，我唯有把自己藏在冬天阴凉里。绿叶的背面是另一个世界，白云飘飘，风过眼，仅仅送达云的尾声。白云生处有人家，绿叶的反面，不知道家落何处。但，还是绿咏着，以浅于正面的绿，托起绿色深远和辽阔。

绣眼鸟，这鸟中的蚁族，将家安在绿叶的背面，它们简约的啁啾，绿叶听得懂，其表情也只有叶的反面看得见。绣眼鸟卑微，一根蛛丝就能缚死它的飞翔。我和绣眼鸟对峙，我希望在这隆冬里，强于我千万倍的它，不要用我更加的卑微果腹。

绿叶背面，就是正剧的后台了，所有的剧情都在这酝酿。一只绣眼鸟和一匹蚂蚁，静静地猜测对方的心思，等待舞台的帷幕徐徐拉开。

记忆中非洲有一种蚂蚁，整天裁剪树叶，拖进洞穴，种植香甜的蘑菇，经营家园，蚁军过后，就只剩下光秃秃的树枝杆。作为蚂蚁，我是个游览者，在游览中，我把自己当作一出戏里的角色，累了，躲进叶脉中悄然入梦。

讨厌非洲的蚂蚁，梦中我大声地喊。

梦深深，我的触角掀开《诗经》封面，叶向我涌来：其叶沃若、其叶蓁蓁、其叶菁菁、其叶萋萋、其叶蓬蓬、其叶肺肺、其叶有幽、其叶有难……声势浩然，其叶还有什么呢？古人智慧，一片树叶叫响天空，叫响走而不复返的时光，又让这文字的响器如金属之音，浑然回荡。

和树叶的正反面有关吗？否！回答肯定。

在《诗经》的叶响中我醒来，伸了下被冬阳砸中的懒腰，我蓦然感到，叶是树的脸，花是树的表情，果是树的泪眼。我在叶上行走，莫不就是蹲鼻子上脸，对脸面的侵犯？好在我是蚂蚁，体轻言微，不足以打搅叶的静绿，不足以吵乱叶的清音。即便我手舞足蹈，也不会阻挠叶脉的流动。

春在叶中流，谁挡得住。蚍蜉撼树谈何易，叶也无法去轻视。

树叶的两面，我反复行走，人说，世上找不到两片相同的树叶。蚁的触角灵敏，作为蚂蚁的我要说，连树叶正反两面的味都不同，叶的正面太阳味，叶的反面泥土味。两种不同的味道，构成了天地方圆。

一叶一菩提，一花一世界，天地悠悠。

还是还原为自己的好。

我在一棵老桂树下伫立，阳光在常绿的桂树叶上写意，在叶的背面一串串桂子青翠，我的耳畔尤有“人闲桂花落，夜静春山空”的吟哦。斯时斯地，香从叶中来，不唯正反。

冬蚁归穴，它们有自己的天地。目光流连在桂叶的两面，我在冬天里陡然开朗，我的左手为阳、右手为阴，也就是树叶的两面了，一面是生活，一面为思想。

霜　事

秋天怀揣着的小九九，被霜暴露了，天下有事，寒冷第一。霜寒、霜冷。

白露为霜，深秋的露，以霜的形式出现。衰草白了一片，如是雪上加霜，那耀眼的白又上了层次。霜和雪同时出现，往往会在暮秋，树上还有几羽黄叶，像是会飞的花。待这花真正的飞尽，冬天也就到了。

霜是寒冷的前奏，即便是秋天，偶尔还有几个大太阳天，那也是个摆设，冷在路上，躲都躲不掉。

过去农家的霜总是下屋顶，草搭的屋顶被霜染了，晶晶的闪着白光，非得太阳出山了，霜才化去，和炊烟一道升腾为水雾。农家人起得早，野外走上一遭，眉毛胡子就会被霜濡湿，然后结霜，成了白眉大侠、白胡老人，不过白是个烙印，有这样烙印的人肯定是个勤快者，一天之计在于晨，说的不仅仅是春天。

早起，是农家孩子必备的素养，睡懒觉自然不是好孩子。下霜的早晨，冷得伸不出手，草田埂上的草被霜打酥了，脚踩上可听到嘎巴、嘎巴的折断的声音，农家孩子喜欢听这样的声响，当音乐、当天籁之音了。

晚稻还在田里立着，霜不客气，将自己强加在稻穗上，让黄澄澄的稻粒改变了颜色。一早勤快的农人就在田埂上转，收成令人激动，霜事没让激动的心情降温。早、中、晚三季稻，田不闲，人不闲，田累，人也累，只有此时才略略松了口气——收获就在眼前，多好。有经验的农人开始挖缺放水，把田水放干了，好下地开镰。田中的鱼存不住了，随水走，或者藏进低凹处，农人不管这些，捞鱼摸虾，耽误庄稼，收割才是第一重要的。选个霜重天开镰，当然等太阳出来，霜化雾气时，镰刀一舞，"嚓嚓"的声音似嘈杂的雨点，密密仄仄里，稻子倒伏了一大片。

选霜天割稻，是选好天气，霜天必是晴天，收下的稻子少受罪。头天夜晚，月光娆娆，天地朗亮，到了下半夜下霜了，月色反而清明。农人透过窗户看月，不为欣赏，单为判断霜的轻重。

秋雾凉风，凉风后是霜。霜重叶愈红，农人知道，不会从中抽取诗意。不过农人的诗意，存在植物的心跳里。比如，霜打茄子，是蔫了的象征。霜韭菜却是香的，裹了秋辣椒腌制，就属金不换了。还有霜打后的白菜、萝卜，甜丝丝的，怎么的都是美食。这是农家的诗情，还真不输于"枫叶红于二月花"之类的。

在农村长大，对霜和雪的印象都深，重霜似雪，几乎可以捧起。我的记忆里，农家的土狗也喜欢霜天，顶着霜花在田野里乱窜，有说法叫雪天的狗撒欢，实际上霜天的狗更欢，或许霜天里野兔反应迟钝，撵起来容易得手。我们也如土狗，冷对我们真不算什么，一大早就出门，赶着鹅或鸭，追着太阳走，霜天草籽足，割了的晚稻田，遗下了不少的稻粒，鹅鸭们高兴，头不抬，把厚厚的霜也当作美食吞下了。我们的乐趣在别处，水宕里的鱼虾怕冷，伸进手去，直往掌心钻，一抓一个准。我们逮鱼不为吃鱼，也就是把这当作游戏。还有就是当抗寒历练，不久真正的冬天就会来了。

因霜愁苦还是多的，霜前冷雪后寒，寒冷应是人间第一大苦，小时不觉，反而是长大了，对霜有了不成名的反感。悲秋似乎就是从霜开始的，霜降万物凋零，何况还有两鬓如霜的比喻，有冷有凄凉，有说不出的滋味。再者霜暧昧，不像雪，能让白茫茫的大地真干净。霜零零星星，落在草尖，那么轻浮，如同一个没有骨气的附庸者。

今夜月好，下霜天还有些日子，推窗望月，我听到桂花滴落，看到柿子红艳，无疑有一份温存从心中升起。想到了秋的秘密，甚至是秋的小九九，霜寒、霜冷，竟是秋结下的果。

桃花余韵

四月天，柳絮飞，桃花落，欣赏桃花迟了。不过，还是去了桃花岛，看桃花，也非为桃花。

岛自是四面环水，桃花岛自是种满了桃。桃是各色的桃，毛桃、白桃、碧桃，单瓣花、重瓣花，红花、白花、紫花、桃色的花，桃色的花为主，桃花自成的一色为主流——桃色。桃色有点暧昧，暧昧总是引人，暖暖的。

落花一地，艳艳的红、桃桃的红，如铺了浅显的薄地毯。所谓四月芳菲尽，只是清明刚刚过，春还正浓着，花事不减，仅是桃花性急了些，耐不住风的吹送、雨的敲击，纷纷离枝独处。

实际上，桃的落英也好看，落花流水，或者一地洇染，倒像是开上了另外的枝头。

此时的桃花岛绿茵遍野，草花盈盈，对桃的落英充满了惊喜，把她们顶在了头上，当作了新鲜的佩花。

若干时间里桃花高高在上，草们只有仰望的份，如今仙子降临，能不喜悦？桃花乃花中仙子，下了凡间，最好的迎接是俗世的仪式，插在发际当花戴。

何止是草，坊间的女子也是这般的，貌美如花，发髻上还得缀朵鲜艳。

桃花薄翼，草芥们撑得起。

对凋零的桃花发出深深的叹息，第一叹应是《红楼梦》中的林黛玉，她惜花、怜花，缝了锦袋，手持花锄，含着泪水把落地的花瓣，悄悄地葬了，还吟哦出催人泪下《葬花吟》，质本洁来还洁去，桃花成了林姑娘倾吐心声的载体。林黛玉惜花，某种程度上是惜护自己，葬花也提前把自己葬了。花谢花飞花满天，红消香断有谁怜？侬今葬花人笑痴，他年葬花知是谁？对人发问，对桃之落英发问。倒让零零落落的桃花，生发出许多意味。

之后的叹息也不少，落花流水春去也，说的叹的真真切切。春天太过美好，桃花太过美丽了，谁不珍惜？谁的心中不藏着一抹桃红的颜色？在桃花岛，面对绿肥红瘦，莫名的也有些伤感。但这伤感是短时的，当我看到，落英后的桃枝挂满青涩的桃时，心全然踏实，桃花落后有春桃，花换了种形式存在。小桃伶俐，随春风摇动，正衬托了一地落花的平实。

是否可以回答林黛玉了，桃花无须葬，随风随水而去的，仅仅是一组春天的序曲。

记得小时在农村，桃子来得早，秧门开，忙栽秧，就可以吃甜甜的桃了，这桃叫秧桃。秧桃脆甜，咬一口满嘴生津，有春末田野味。

春天和夏天毗邻，夏接过春的担子，挑来了的落花子实，桃率先。

前几天，朋友发来图片，桃花开在湖畔，奔放热烈，花也落得潇洒，枝头的花和水面泊浮的花瓣遥相对应。朋友说，枝头的花美得让人微笑，会心的笑；水面的花美得让人想哭，喜悦之激的哭。谁的美更纯粹，我也说不好。凭着想象，我综合了下，把表情调整到最最平静处。

桃花岛上的桃花还是在开的，稀稀落落，都是些后来者，她们风采依旧，只是更多地藏在绿叶中，对着吹送进来的阳光，吸引蜂子的光临，谈着若即若无的爱恋，但心迹明了，无论如何都要坐实自己的果子。桃花依旧笑春风，哪怕是最后一朵。

桃花岛四周走水声，我想到了金庸笔下的桃花岛主黄蓉，她在桃花中行走，一定踩折过无数落花的纤腰，桃花疼，人面桃花的黄蓉一定也疼，她会穿梭在四月初的桃花林中，对着落花和残红，舞出拿手的武功套路吗？人面桃花，余韵袅袅，眼到剑至，一定。

万物生长

“万物生长靠太阳”。我小时唱这歌，便知是真理。泥土之上的庄稼不能没有太阳，缺少太阳，甚至光照略有不足，庄稼们就没有精神，失去了开花结籽的热情。

连阴天可怕，要是麦子、稻子灌浆时赶上，到了收获季，穗垂不下，割回了也是秕子，风一吹就跑了。谷粒不归仓，饿是少不了的。

不止一次看着乡邻人，仰头朝天，张着双手大声疾呼：太阳出来吧，太阳出来吧。

太阳终究出来，乡人捧揖的双手，有了金黄的味道。

奶奶说：黑是一条汉。黑是太阳晒出的，黝黑的皮肤，在乡村和花一样美，而这黑也是一种生长。躲进茅屋，让太阳找不到去处，那是懒汉的做派，好吃懒做，找不到老婆。

小时，我是被当作一棵树、一株庄稼养的，撵进太阳地，接受太阳的烤炙，明晃晃的太阳在头顶，火烈烈的阳光在脚下，我在中间，倒似个玩火人。长得好哦，奶奶说：晒得像黑驴蛋。奶奶有爱怜、有骄傲。

乡村无黑驴，如何黑，我不知道，直至若干年后，我去了北方，才明白这黑的地道。不免想起奶奶说的话，心中的笑，一浪浪止不住。

晒着太阳长，这长，结实，靠谱。从小看秧子，太阳拂照下的秧子，耐折腾。

人必须在阳光下行走，重要的是心中要有阳光，要敢于让阳光直扑心怀。“黑夜给了我黑色的眼睛，我却用它发现光明。”光明是太阳带来的，心亮堂，眼前一片光明。姑奶自幼失明，几乎没见过太阳的模样，但她乐观，生活全部自理，时常手持竹棍，仰望天空，久久的让阳光汪在深陷的眼窝里，她说：看不到阳光，皮肤晒到太阳，心中装着太阳。姑奶八十多岁去世，给她送行的人一拨又一拨，都说瞎眼人比明眼人明白，老人家心不瞎。

记得姑奶和我说过夸父追日的故事，她的结论是追着太阳跑有劲，身后没有影子。

影子怕阳光，阳光下影子不生长，姑奶怎么知道？

奔着太阳生长，夸父追日，追寻的是光明和真切。瞎眼姑奶面向阳光，心光明，又何尝不是！

活泼泼的太阳下万物生长，怕的是阳光刮不进心窝。身边曾有这样的人，在他的眼里一切都是暗色的，“用小人之心，度君子之腹”，他活得累，活得没有滋味。随之而来的，他几乎没有朋友，连路边的树木草花似乎都在和他为敌，恨不得踢上一脚，再揉碎了。

太阳对于他是瞎了的，即便是处于阳光下，他的枝叶总是委顿的。

读汪曾祺的文章，常有阳光普洒的感受，他平静地叙述，往往给我带来温暖和理性，在这般氛围里，我觉得自己在生长，不论是白天黑夜，生长的节奏起伏不断，如是四月天植物，转眼中冒了一截。

好书亦如阳光，看一眼心中透亮。书中藏有黄金屋，屋中住着大太阳。

“晴日暖风生麦气，绿阴幽草胜花时。”万物因阳而生，绿阴也是太阳的产物。更何况“须晴日，看红装素裹，分外妖娆。”太阳风吹，涤尽大千红尘，生长不停息，生命就无止境。

早晨，我的脚步匆匆，太阳正好，顶着和煦的阳光，我和草木对话，绿瘦花肥，生长的热望取代了晨露的冷静。“一树梨花压海棠”，或者“万紫千红总是春”，无不吹送着万物生长的情调。春天的阳光寄送了这一切，如是一封遥远而来薄薄的信笺，每一个字句，都在表达深情厚谊。

阳光一直如此，对生长从不曾保留。我兀自感叹：春天阳光看一眼，万物怀孕。孕情是信号，是万物生长的又一轮开始。

对着镜子，我看到自己的“黑驴蛋”般的瘦削的面庞，如今更多的是红润，这曾令奶奶怜爱和骄傲的皮肤，经历了太多的太阳风暴，仍坚忍地面向世界，面向世界生长。树活一层皮，人活一张脸。这近似梦呓的话，在太阳的照射下，也在积极地生长。

无意于雪

昨晚的雪可以忽略不计？小雪怡情，浅吟的雪花，携带的是一年中柔和的情怀，如一场盛宴中不起眼的小炒，配料精制，在一个角落羞羞涩涩，却爽口，透着灵气。

我是在天鹅湖畔，领略一场被炒了许久的雪事的。盼雪等雪欣雪，已成为一段时间里心中的暗示。喜欢雪的人多，把雪当作际遇，甚至是诗意的源头，似乎雪不来，一年的过程就没有完成，那首藏在心中的诗就无法吟唱。大雪兆丰年，自古至今，可是镌刻在血脉中，流传不息的。

冬雾雪。连续的大雾，衬出了雪意。我曾拉着不满两周岁的孙子，推开挡住的浓雾，在绿地流连。我告诉孙子，要下雪了，下好大好大的雪。孙子重复我的话，张开小手，好像要接住从天空跌下的雪花。孙子知雪吗？我略有愕怔，随之释然，雪是进入人类基因的，和风和雨没有两样。孙子知道不奇怪。

喜欢雪和农耕有关，上溯若干年，芸芸众生中谁的先辈不是农家人呢？雪是植物保暖的被子，又是天下普降的肥水。麦子在暖暖的被子里越冬，掇收雪水的滋润，一到春天，便伸展拳脚，把饱满顶在枝头。农人最大的期盼是收获，雪做了前期的铺陈。农人爱雪，爱得真切爱得实在。如若一冬无雪，卡脖子的干冷，植物难受，吱吱地叫，更难受的是农人，他们长长叹息，恨不能催生一场雪来，这之间也包括我。无雪的冬天，对农耕而言无异于一场不小的灾情。

无雪有害，暴雪行难。对雪的领悟，在日月轮回中又有新的注解。我六岁那年暴雪封门，居家的三间草房，被积雪压得快趴架。爷爷叹息、奶奶抹泪，而鹅毛般的雪花仍无休无止地飘落，间或还有惊雷在苍穹炸响。少不懂事的我，挣开爷爷的手掌，一头扎进雪地，雪没头顶，就剩几缕短发在风雪中颤抖。雪地中我听到惊呼：房倒了，房倒了……声音飘忽，显得那么的无力。暴雪行难，是以毁家为代价的。此时的雪无诗意，寒冷如鞭，抽得人无处躲避。

有那么一年，我在乡下挂职，暴雪袭击，白茫茫的一片，冰凉的世界雪做主。我和乡里的一帮人扛着被子、棉衣、米油，拱进雪野。雪中的村庄又矮又小，推开一扇扇农户的门，面对一双双期艾的目光，我的泪不自觉地流了下来。我听到最多的一句话是：暴雪无情，人有情。乡村话野，却把这话讲得文气十足。回途中风寒雪深，我三步一跤，摔得晕头转向，但想得最多的还是情，有情，无情，在飘花乱舞中左冲右突，雪的情到底在作怎样的表达？好在是春天，地底涌暖，雪融水潺，涓涓的向低处流去，汇成仄逼的小河。惊讶中，我突然发现，仄逼的小河竟是故土母亲河的发源地。

雪融为水，水就是雪中孕育的情了。此情悠悠，这是生命的大情……

天鹅湖畔，我沐雪而立，零散的雪花，把一湖水当作明镜，左顾右盼还是扎了进去。夜深沉我的心思走得更远，这过去叫作荷叶地的地方，如今一方湖做了眼睛，眉目清秀，美得令人心跳。荷叶地神奇，水来地升，水永远淹没不了。水淹不了，雪可以，又有什么样的土地拒绝花的盛开呢？朋友发来诗歌，雪花照亮诗句，好有灵性。朋友问我有诗歌吗？我答非所问：正聊天呢。我聊的对象是湖、是雪花，是我心中最美的支持。荷叶地是我的故土，我决绝地以为，小雪飘飘的天鹅湖是我的。

我告诉朋友，有诗了，我写道：想天鹅湖水被雪花敲疼/想荷叶地的荷花，如一个人眼睛/漾出惊艳的泪水……诗情在水意中升腾，雪入我心，世界奔涌，我无法控制自己。

新的夜晚，细雨霏霏，又是雪像，我独守二十六楼的窗户，等待雪的到来。雪会来的，我和孙子说的话，将在黎明前实现。雪映照的黎明该是什么样子？我打开窗户，天鹅湖波光滟滟。

下雨了

躲在合欢树下避雨，把雨看得真切。夏天雨说来就来，刚刚还是大晴天，转眼，雨拉起了丝帘。

一帘幽梦，合欢树下想到，似乎不贴切。

夏不久，合欢花就开了，活泼泼、红灿灿顶满枝头，何况合欢的叶也美，碎绿，羽毛状。两美合一好，总能让人产生联想，比如合欢。

忙累了一天，市里的朋友约我，小酌之后聊诗，实在是好动议。酒和诗有情怀，都是驱除烦累的液体，可浴出一番新鲜来。可惜，下雨了，无休无止地下。

就躲在了一棵伞状的合欢下。平时不喜欢带伞，“饱带干粮，晴带伞”的古训，没曾系在我的记忆里，有了雨要么挨淋，要么躲起来。

躲雨还真是件有趣的事。小时躲屋檐下，或躲大树下，缩着头，盼雨小下来。那时知道，头上淋了雨水，生虱子。虱子顽固，种上了，这收成就会一茬接一茬，一时半会绝不了。唯一的法子，头发刮光，亮亮的成秃瓢，虱子生不下根，才能躲过一劫。我小时刮过多少次秃瓢，还真的记不住。乡下有话，说这人不孬，吃饱了知道放碗，下雨知道躲。这样说，我不属于孬子范围。

上初中时，常从县城往家赶，雨天常碰上，无伞敞头淋，一身湿透，路过郢子，肯定有人大声喊：敞头淋生虱子，来躲躲雨。不过，不是雨特别大，一般还是赶路的，别人家的屋檐再好，都比不上家温暖。有一次特殊，走到半中腰，雨实在太大，终于躲在了一家屋檐下。雨不停驻，眼见天黑，心虚得很，雨天夜路，想了也怕。这家人出面了，让我进家，说，别怕，晚上就不回了，在他家歇。我说，家人不放心。他又说，让人捎信。也只能如此，我在这家吃了晚饭，实实在在睡了一晚。

这家人姓孙，我估摸着年龄喊叔，他答得爽快，晚上撵走了老婆，让我和他通腿。孙叔家昏暗，一盏灯明明灭灭，却也暖和。雨一夜不停，我睡下时，孙叔披着蓑衣出门，何时回来我就不知道了。

早晨雨停，我一路小跑回家。家人没事样迎我，甚至问也没问。事过好久，我才知道，孙叔在我睡下后，冒雨到我家送信，给我的家人报平安。这条路，我一走好几年，孙叔家的屋檐，路过，我是必多看上几眼的，也有碰上孙叔的时候，他最多淡淡看上我一眼，嘴角扯上一丝笑，似乎不认识一样。

我家的屋檐下也是有过躲雨人的，那时爷爷还健在，把躲雨人往家让，躲雨人客气，爷爷端了凳子，还捧上柳芽茶，站在门廊和躲雨人说了半天话，话和雨同样密集。说是老熟人，一定不会有人歧义的。乡间人就如此，望人熟不生分。阡陌和阡陌相通，不说一句话，仍是亲热的。

屋檐下躲雨何止是人，青蛙、水蛇、小兔、麻雀，数落下一大堆……

我在合欢树下躲雨，有理没理的让思绪走远了，拽回时，雨停了，抬头花艳，叶子闭合，如是把雨让给花朵，又如把雨抱在怀里，花有花心思，雨有雨情怀，我还真的揣摩不透。低头，合欢花落了一地，薄意的红，映衬出一个曼妙的世界，雨过天晴，怎么地都好。

无酒无诗，依然可以沉醉一把。

晚上，带孙子在阳台玩，小花小草葳蕤，初夏天合她们味，比如茉莉，喜欢在这氛围里喷香。孙子要去楼下，恰雨又来了，下得津津有味。我对孙子说，下雨了。孙子张开小手接了几粒，小嘴涡涡，学我的话语，下——雨——了……歪歪扭扭，也成句。

向阳草暖

一年开头天，早晨尚有些烟雾，到了中午阳光兀自铺下来，朗朗的，心就暖和了。

隔天的一场雪，没成气候，似乎是过去一年词不达意的总结，匆匆的被太阳赶走。好在意思有了，或多或少给岁月增加了调料。无调料的日子，也太平淡。雪是好东西，无根无绊的可清洗世界，当然包括心灵。

这些年，雪花飘飘的时间，我喜欢在雪中穿行，让雪打湿衣衫和眉眼，不躲不藏，我总想在雪中体会一棵草的艰难。积雪天，我更是八卦，会不依不饶地扒开冻雪，去看看草们的挣扎。

我时而想着自己是一棵草，实际上就是一棵草，所谓草民，我是其中之一。

草是值得尊敬的，无草无世界，草疯长，荒凉，寸草不生才是大荒凉。去过大漠和戈壁，最希望见到的是一丛绿，一丛草生的绿。大漠中我常有虚幻之境，连片连片的绿向我压来，而事实上是一粒粒坚硬的沙子，各自独立，逼得我的目光喘不过气来。我设想，如若大漠戈壁中的每粒沙子，都是一尾绿草，这般另外的荒凉可能就是大景特景了。

这几年报端时有鬼城的报道，说到底还就是没有草气，人为草，草民来了，鬼还能藏得住身吗？

有草的地方生命澎湃，草养育生命，草连贯生命，没有草生灵存不下身体。小到虫蚁，大到如人的生灵，谁能离开草？我在农村长大，对草有感情，人这一辈子，要么种草，要么割草，除此之外，又能做些什么呢？谁都不敢否定，是草养活了人在内的各色生物，只要是能动弹的，不用说离不开草。说大了，草是现代文明的根基，无它们，入云的大厦转眼间就将化为乌有。

爷爷算是乡村的智者，他很早就对我说过，草命要用草来裹。那时我小，对爷爷的话不以为然，在乡村行走，对草是摧残有加，草好欺负，不似牛羊急了，还能还上一蹄子。爷爷拧我的耳朵，说，疼吧！草也疼。直至爷爷去世后，他的坟头爬满了星星草，我才略有领悟。

元旦前夜，和几个朋友相聚，途中要走过一方荒草地，草声瑟瑟，枯了的草尖直指天空，我的心慌慌的，陡地恨起隔天的雪，咋就不下大些，将这些草覆盖了，让草心暖和点？记得雪封草地，扒拉开，草根总是青得有甜味。

晚间一粒酒就将我醉倒了，我无休无止地说话，而眼睛里全然是若刀剑的枯草。世间把草不当回事的太多，长草短草一把窝倒，草芥实在是可怜。草无尊严，立锥之地常被侵占，恨不得斩尽杀绝，借口很多，毒草、占地，就从没想过，这土地本是它们的。善待草的人，在幻境中有过，神瑛侍者为绛珠草浇灌，到头来化为林妹妹用泪水来报答宝哥哥，草也太纤弱无味份，泪水多数时候还真不是好东西，除此之外，草还能有什么呢？

说归说，酒还是喝了，菜还是吃了，谁又明白吃的喝的都是草的身子、草的心？由之一粒酒醉，醉在草里。

或许因是农家长大，我对草爱惜，如今少有去侵害一株草，我和草对话，将偶尔拾到的种子种进泥土里，自然而然毫不做作。我还引导着刚会走路的孙子拜访草，告诉他草的学名和小名，甚至挖了泥土，把和孙子一起捡来的草籽种下，看着满满的绿色生长。家人打趣，是想让孙子做个农人呀。我心里有话，不做农人也得惜乎草，连最弱小的草都呵护，还怕没一颗大情大爱的怜悯之心？

元旦的太阳真好，我走了出去，草地上光丝铺了一层，草们应该比我感知得更早，和煦的暖意唤醒了它们，草们低吟，带着枯情的歌唱声，有旧意，也有新韵。严寒算不了什么，有阳光拂照，天就高高挺起，压不垮高或低的脊梁。阳光下草气充沛，我分明听到了怦然的心跳，是草的，也是自己的。

向阳草暖。我借用了一文友图片的意境，作了文章的题目。文友的图片是大把大把的草，而草之上是大捧大捧明媚的阳光。我揣测文友所要表达的是对阳光的礼赞，以及阳光给草带来的喜悦。草高兴，文友高兴，我知道文友心中是充满阳光的。

我也喜悦，我是一株草，一年的第一天有阳光暖心，比什么不都好？

叙　秋

乡村秋满，点滴处都是秋。一路上落叶飞舞，田间的稻子金黄，成群的八哥如是负责任的看场者。八哥会学舌，学人，也学万物的声音，只是秋不会说话，神和态都学不去。

和少见的收割者对话。老者。他告诉我，今年秋厚，厚得有厚度。老者说的秋厚，是稻子收成好的意思。如今割稻的人越来越少，用收割机，省力，还快。老者说，他喜欢收割，一年到头，挥镰是最幸福的事。

老者稻子割得好，镰以弧线走，一扫一大片子，茬子浅浅的飘，像是池塘中的小波小浪。

八哥们随着老人，口角冒着嚓嚓的欢叫，呼应老者的镰和稻秸的摩擦。

浅浅的稻茬间留有秋蛙和蚂蚱，八哥好这一口，当然愿跟着老者的镰刀，撵也撵不走。老者回头和八哥对视，憋了半天，叹了声：秋厚。八哥们也七嘴八舌：秋厚，秋厚，秋厚。浓浓的方言味，浓浓的土地味。老者笑了，缺了的牙关不住深秋的风。

老者直腰，对眼前的几株稗子生气，也是沉甸甸的穗，老者不动镰，伸手去拔，这本是春天就该拔去的苗，竟长到了秋天。老者生自己的气，这可是一个农人的大失误。诗人言说一棵稗草的春天是“胆战心惊”的，老者的诗情全在镰刀的当口，满满的割才有冬天的诗。

厚秋让老者骄傲，他忙着和我说：中晚稻没打农药，好吃着呢。真的是这样，近年生态好了，过去靠农药保着的庄稼，药很少用了，既减了成本，粮食的品质又有了保障。也是的，本来的一个个农药店陆续关了门，剩下的门可罗雀，正想着方子，改作它图。

鸟多起来了，约是去年冬天，我到过老者住的村庄，不远处的稻茬田，上千只绣眼鸟打打闹闹抢食，农人割稻故意留下深茬，就为这些过冬的鸟。或许就为验证，陪同的当地朋友翻开手机，说一只不知名的小鸟昨天闯进了办公室，我一看高兴了，就是绣眼鸟呀。

鸟语花香，果然在四周铺陈。老者再次骄傲了，好地好秋哦。

鸟多样，绣眼、八哥、斑鸠、灰喜鹊。花香一种，丹桂沁心，已是第二遍开。还有一些柿子凑热闹，尤其是拇指柿，小小的红、小小的甜，生怕扰了香的诚意。

生态如此，农药确实是不需打了，大自然一物克一物，在秋天明确。何况许多稻田养了虾，虾沾不得药。老者的秋厚里，出现了新名词：虾稻米。肉津津的。稻虾共生，倒让现今的秋天，多上了新景观。

老者的身后，是一座古墩，他的厚秋就是倚着墩子的。

墩叫黄花墩。黄花墩的秋有古意。古意来自商周。墩是商周时先民们为避洪水建的庄台，一条名为龙潭的河擦肩而过。而真正称之为黄花墩还是商周以后的事。一和尚在墩上建庙，和尚是有情怀的，遍栽菊花，一到秋天，黄了一片高地，由之黄花墩成立了，成在秋色里。

秋天多事，黄花墩从不闲着，四十年前，二十多个农民，就在黄花墩旁，冒险将土地分到了户。一花开后百花杀，竟让一个国度遍地黄花开了。这是一段公案，发生在秋天，天下人都知道。

老者拍着胸口，黄花墩的事他是参与者，从那个秋天始，他又拥有了土地，自此，秋一年比一年厚了。

黄花墩可以拾阶而上，近八千平方米的古墩子，秋浓得化不开。青竹和古藤交葛，丹桂和毛粟交织，秋一层叠加一层，如墩子的土层，敦敦实实的夯严了，撕开难，掰开难。有鸟在竹树藤中摸秋，毛粟落下，砸了头也不痛。

不知商周时的秋是什么样的，唐宋的秋又是怎么样的，但可以断定，乡野的秋也和现在一样的满。

老者说黄花墩，如说自家的一亩三分地，他指着墩边的黄花街，说，秋向街上搬了。青石的街面安好，行人稀落，正给秋让路呢。老者收割，显是超过了收获的范畴，他抬头望天，天蓝如洗。

叙秋，老者的镰刀没放下。

养　蚕

四五岁时，母亲领着我养蚕，不为缫丝，只为给我的童年增加些趣味。

那时农村苦，吃饱肚子是第一要务，母亲的双手揣在泥土里，能抽出点时间陪我，已经是了不起的事了。母亲干活舍得身子，栽秧、割稻、锄地、挑担，都是把好手，累得哼哧哼哧也没听过叫苦，只是在睡梦中，我常被她压抑的哭声惊醒，伸手一摸，母亲的脸全是泪水。我记事早，那一手的泪水我记得牢牢的，至今仍是湿重得很，挥之不去。小时，夜晚是我最怕的时间，黑天、母亲的抽泣声，笼罩着我的世界，我以为母亲一定痛得难忍，唯有痛才能让人哭声不止。母亲是家里的顶梁柱，父亲在外地工作，爷爷、奶奶年迈，我和妹妹嗷嗷待哺，田里的活一天也耽误不起。母亲走路一阵风，手从没见闲过，起早贪黑，在三间破草房内外，旋出一阵又一阵风声，吹得尘埃乱飞。

母亲还是带回了蚕，是从县城带回的。约有十几条，我是不识数的，刚过一眠的蚕，捧在手心，冰冰的凉，白得耀眼，足以让漆黑的家多出些亮色。我对蚕有天生的好感，真的把它们当成了宝贝，手心一握，亲和而有分量。母亲用慈爱的目光看我，点着我的额头，要我好好养，养多了抽丝，就有丝绸穿了。我没听得明白，但知蚕是好东西，如虫，却和树上、草里的虫不一样。

蚕吃桑叶，母亲告诉我，带着我去摘，摘下了，小心擦干净，才放进养蚕的纸盒里，做得仔细周到，绝不像做田里活的风风火火。村里有桑树，多是自生的，风吹雨摇，也长得有模有样，蚕不缺吃的，母亲顺手摘来，或我踮起脚尖采的，堆在纸盒里，蚕如饿死鬼投胎，吃不够，似乎也撑不坏。我的恶作剧来了，试着采来槐叶、楝叶、榆叶等等喂蚕，蚕饿得吐清水，抬着头碰也不碰。母亲告诉我，蚕不吃这些，这些叶苦。

我的实验，还是有收获，除了桑叶，蚕们吃柘树叶，长刺的柘树长在田埂上，低低矮矮，叶子好摘，四五岁的身高，对付绰绰有余。柘果红了也可吃，酸酸甜甜。柘树我对它无好感的，调皮时，母亲老拿它长刺的枝条吓唬我，尽管高高举起，从没落在我身上，但长长的刺已让我心惊肉跳。蚕吃柘树叶，一报还一报，我的心中解恨。

一天，蚕突然停止吃食，吓得我惊呼，虽然人小，我也知不吃东西，是会死的。母亲告诉我，是蚕睡着入眠了。果然，过了一天半日，蚕伸了个懒腰，蜕了层皮，陡地长了一截，又吃得欢，沙沙沙，如一场雨匆匆地下。当蚕再次入眠时，我的心安定得多，只是少了件事，不要采摘桑叶，手兀自无处送了。

白亮亮的蚕开始上架了，它们吐着细细的丝子，不久一个椭圆形的家就造成了。

我等着蚕蛾破茧而出，母亲说出茧的蚕长了翅膀，下过籽就会化为蝴蝶飞去。幺蛾子出茧了，它们肥硕或清瘦，却没有蝴蝶的形状，我第一次对母亲的描述有了质疑。

四五岁的养蚕经历随着下籽、蛾飞告了一个段落。我那时感觉最深的是母亲带着我采桑叶、喂蚕的过程，此时的母亲更像母亲，此时母亲的时光是我的，许多夜晚我都睡得沉，没听见她压抑的哭声。

母亲年迈时告诉我，她的童年也是养过蚕宝宝的，家境好，家中的大小姐呢。只是后来家境沦落，陷入了苦难中。这期间的故事，迷离得很，母亲不愿多说。不过，我记下了母亲一脸的泪水，还有肩上挑着沉重的担子，一手牵着我的场景。当然，带着养蚕的画面要柔和抒情得多。

六七岁时，我开始独自养蚕，养得多，放在筛子里养，白白的一层。从蚁蚕，到一眠、二眠、三眠蚕，最终上架成茧，收了一大篮子或红或黄或白的茧子。母亲用水煮了茧子，开始缫丝，丝长长的，母亲绕呀绕的，一个个丝团子出落得圆润光泽。母亲说，有时间到城里去，换了绸布，做件好褂子。给谁做，母亲没说，我也没问。

一个蚕茧单丝三千米长，母亲说这话时，我已可数到十，对三千米无概念，但知道很长很长。

之后日子，是否养过蚕，我真的记不住了。问母亲，她也说，记不清了。

远去的老布

老布，又称之为土布。许多年里是乡村的当家布。春夏秋冬，老布随着乡村人奔走，面朝黄土背朝天，土土的，却又喷吐独特的温度。

我是穿着老布褂裤长大的，对土布难舍一份深深的感情。记事起，耳边就留下了奶奶纺纱呜呜的声音，多在半夜，除了夏天，这声音似乎就没断过。乡村把纺纱叫作纺棉花，手摇的纺棉车一圈圈转动，棉花被拽成细纱，纱就是织老布的经纬线了。

奶奶是纺棉花的好手，一般人一夜纺一个纱锤，奶奶能纺两个，且纺出的纱均匀，绝少有断头。事实上，奶奶能吃苦，一纺就纺到鸡叫二遍天麻麻亮，一家人的衣着靠着奶奶呢。冬天夜长，也是奶奶纺纱的好时间，六七岁时，我跟奶奶睡，半夜醒来，一盏半明的灯陪着奶奶，奶奶一手摇动纺棉车，一手拽着棉条，剪影般的纺棉图投在土墙上，往往吓得我大叫，奶奶停下手中活，摸着我的头，喃喃地说：大孙子做噩梦了，别怕，别怕。奶奶的手热乎乎的，熨得我又入了梦乡。

纺棉花我也是帮手呢，上晚，奶奶教我搓棉条，就是把轧好的棉花，就着筷子般长短的竹子搓成手指般粗细的条状，放在篮子里，供半夜时分奶奶纺纱用。活轻，小孩的手也灵巧，奶奶不住地夸，我当然干得欢。有一次搓棉条时，我对闪闪烁烁的煤油灯感了兴趣，竟把棉花引着了，奶奶和妈妈忙着扑灭，差点引发了一场火灾。一顿打没免掉，奶奶讲情，妈妈还是下了重手。我记下了一句话：玩火来（遗）尿打屁股吃亏。果然，第二天早晨我的屁股疼，奶奶纺出的纱也一股烟火味。

奶奶纺出的纱积攒到一定程度，就拉着我的手，去村子里的孙叔家，孙叔家有织布机，高高的木架子，一推一搡一踏一送，梭子来来回回蹿动，布就一行行织出了，白白的、敦敦实实的布和棉花、纱线完全是不同的形态。一斤纱换八两布，按斤称。孙叔不地道，纱是干朗朗的，布却有湿意。独家织布，没选择。

奶奶在取布回来的路上对我说，家里过去也有织布机，爷爷会织，织得好。奶奶说这话时，向不远处望去，不远处有爷爷的坟，坟上布满了青青草。

织下的布就是老布。老在乡村有讲法。人故去叫老了。一条少见的大鱼叫老鱼。铺天盖地的雪叫老雪。而老布的老，是和结实有关的。老布厚实，做衣耐穿，确实老。叫土布也确切得很，棉花从土里长，纱在土房里纺，布由村人织，就没离开过土土的村庄，不土才怪。

一些年里，我读《木兰诗》眼前幻化的就是乡村织布的场景，“木兰当户织”的布也该是老布的。

织好的老布棉花色，要染，讲究的用颜料，红色的、蓝色的、黑色的都有。水煮沸了加颜料和碱，下布烀上半小时，红的红，蓝的蓝，黑的黑，晒干了，就可以做衣做裤了。不讲究的用锅灰、栀子果，同样能上色。老布本分，不拒绝任何颜色。

老布衣服在村子里登场了，春夏秋冬，坚守着男不露脐、女不露皮的原则。春夏秋好对付些，冬天紧要，此时老布做的绑身(棉袄)起了大作用，压风抗寒，让一个个滴水成冰的日子过出了暖意。夏天一条老布大手巾用处大，男人短裤护住下身，三尺长的手巾肩上一披，就成了上衣，擦汗、防晒、洗身全靠它。有句话说得有趣：我是三尺长老布做的大手巾，没里子没面子。话说得无奈，也是种境界和态度。

老布衣服和土地一样厚道，村里人当礼服也当工作服，但仍是补丁缀着补丁，破得不堪，补得沉重，还是舍不得扔了去。“新老大，旧老二，补补连连是老三。”多是对老布衣服说的。

我十岁去县城上学，穿了一身老布衣服，是蓝色的，在一窝学生中很是另类，同学们多对我敬而远之。土头土脑加土衣是原因，重要的是老布衣裤让我多了沉重感，害怕我手脚重，一不小心把他们扔飞了。这是我融入同学中，一个同学悄悄告诉我的。而实际上，十岁的我消瘦矮小，明摆着营养不良，不是城里同学的对手。

奶奶九十六岁去世，老衣是一身黑色的老布。棉是奶奶自己种的，纱是奶奶一手纺的，布是奶奶看着织的，衣是奶奶六十五岁时，一针一线缝的。奶奶只认这老衣，绫罗绸缎奶奶不要，就认老布。老布、土布，还有个名字叫作生布，死而再生，奶奶图个生子。

老布远去，生长老布的棉花，仍在大地上喧哗。可认识这漂亮的植物?

支　流

在对河的考量中，我对支流的兴趣浓于大江大河。不过，相对而言，大江大河又何曾不是支流？

有一段时间迷恋读史，读着读着就糊涂了，置于一边后，还是野狐禅之类的有趣，拆解开来，还是能还原出一些事情的真面目的，乐此不疲后，倒是想起了枝枝襻襻、零零碎碎。

支流应该就是大江大河的枝襻了。枝好理解的，襻不多见。襻这字小时听得多，奶奶的大襟褂上就有不少搭襻，搭襻是中式纽扣，扣紧了风雨就穿越不进。支流就如搭襻，将大江大河扣紧在土地上。

常说大河有水小河满，实际上正好讲反了，小河有水大河才流呢。故乡是丘陵地貌，河流小而浅显，一条大河叫派河，实际上也仅是比几条支流宽阔些。作为母亲河我是敬重的，但真正喜欢的却是支流，比如苦驴河、梳头河、潭冲河，一说起来，就有股亲切感，和地气贴得紧紧的。

我曾顺着支流无目标的行走，也曾去考证苦驴河、梳头河等之类名字的来历，不过，终是没有结果。这些支流九曲十八弯，又纤细得如乡村的田埂，似乎承载不了沉实的故事，弄不得船、行不得舟，甚至大一点的鱼都转不过身来。但有点却是好的，这些小河有特别重的烟火味，把一个个乡村带得活络起来。小河是不回避村庄的，或者说村庄就沿着小河布下，点状的、片状的，总要化出些风月来。

小河流过的地方，庄稼肯定长得好，流水有气场，湿漉漉的，枝叶们呼吸上一气，就会在叶尖挂上晶莹，脉搏畅通，扬花和结实都特别顺溜。风调雨顺，总是在小河的两岸发生。我一直以为，小河存在，是顺应了风水地气的结果，绝不是偶然的，水系有生命，某处打上个结，或潭，或塘，总是有故事的，只是我们说不清而已。

我的一个好友，坚决不进城里，他守着一条小河过日子，种三亩田，养几笼鸡，饿不坏撑不着，却把散文和诗写到了妙处。他挂在嘴边的话是种田，可本质里他是在种字，庄稼和字一齐收获，也不知他先收割谁。

好友离不开小河，在河边植柳，建自己的小码头，而这码头从没停泊过船只，最多有一些流浪的树叶靠岸，做一次访问者。我不止一次问过好友，这河是谁的支流？好友答曰：它是自己的主流。也是的，水从山上来，自作主张地游着自己的鱼虾，生命不息，实实在在。好友诗文皆上品，全是活水。

早年工作在异地，不远处就有条大河，长年累月地奔流不息，我折服于这河，时常在河边散发思绪。有一年几个朋友相约，乘舟溯流而上，舟逆波浪，却让我改变了不少，一条条小河源源不断地为大河供水，水声潺潺，到了大河中，却平静下来。大河源于小河，小河铸就了大河，人们记住了大河，却将源泉丢到了一边。那天，我在心中刻下了一道道印记，鞭子样的支流，它们才该不朽。

前几天，和曾工作在同一大河边的一文友相遇，说不完的是河。大河悠远，话题自然说不尽，河有多长，话就有多少。我们也涉及大河的支流，可惜的是，许多是模糊的，时间一久，不少支流迷失了，而这迷失又让大河瘦弱了。似乎不仅仅是这条大河，过去整河的水枯萎了身体，变成了线型。

小时，一条小河从我家的后院穿过，水声淙淙，记忆中没断过流。爷爷和我说，水是从不远处山上流下的，山头上的水，人头上的血，流不尽的。水是好水，院子里的瓜果菜自然是好得茁壮，我乐意在院子里玩，门一关，可就是个自给自足的世界。直至有一天，爷爷对我说，这是派河的支流，我才知道河外有河，但我坚信，院子里的小河是最美好的。

小河为支流，支流有故事。大河为主流，主流常发生的是事故。支流和主流组建网络，就有了沉鱼落雁的水系，从而柔和起来。

又一次流连在好友的小河边，村庄落寞，一河水不息，正在归江入海中，途中水们又流进了庄稼的脉动里，这脉动可是支流？我如在梦中。

第二辑

且让风去

搬　迁

接受不接受，都要离开。我们的悲哀，也是一条巷子的悲哀。如鸟住树上，大树绿树伐倒，巢就不在了。又如树，巷子无腿，走不了，随人摆弄。

巷子很是悠长，曲曲折折的由风水长，左青龙，右朱雀，房子参差，高低随缘，砖木泥土，用尽了心思。巷子跟着青石走，石从山上来，带着水运的印迹，脚步走多了，明亮照人，独轮车持重，辙印重些，又被脚步踩平。巷子长了，就藤条样乱攀，随意地分出杈来，长上叶子。叶子窝成了家，开窗开门，透进光去，人蜷曲，虫样发出声响，生火做饭，谈情说爱，生儿育女，将藤条绷得紧紧的。

藤条绿叶间，挂着鸟笼，养鸟人会逗，鸟婉约而唱，鸟就是当地鸟，常捕食巷中，做了小巷的囚徒。还有剃头佬，门敞开，支着挑，老少不欺，有生意无生意都守着，倒是闲谈的人多，东家长西家短，巷的典故也不少。生活中的油盐酱醋，在巷道中奔走，杂陈出的五味，哀怨、快乐、悲寂，灰尘样布满，又青烟样飘去。人熙来攘往，牵手亲热的，吵吵闹闹的，总是解不开一个套挽着的一个套。

有些字锲在巷子的深处，石木是它们栖息地方。谁之手笔不知，横平竖直有力度，牙齿般啃过，多少有些气味。明清时的树木都很大，裸去叶子，在房子里站着或躺着，硬朗有筋骨，目光钻进的地方，陈年虫眼，羽化的翅膀，早折了，空留下声声叹息。泥土和石灰，抹了一层又一层，谁也讲不明白老房子，剥去一层，暴露的是何方故事?我常为之郁闷，总想拿把铲子，解剖一堵墙，和巷子的心绪，做一次短兵相接。

巷子逼仄，住久就宽阔。终要搬迁时，泪落了无数。人一辈子，都在搬动中。婴儿从母亲的子宫里搬出，哭着闹着，把周边的阳光都抓碎了。长大了，从父母住处搬出，另立锅灶，娶妻生子。从小房搬进大屋，从农村搬往城市，从平房搬进高楼，最后，还得搬，搬进泥土里，和不会吭声的蚂蚁做伴。从小巷搬迁，算不得大事，但仍让人挂肚牵心难以安宁。

一条巷子搬迁进了一幢高楼，巷子口收紧了，喧嚣安静了下来。关紧的门户，叩门声唤不醒，靠门铃和可视的屏幕，分辨人的熟悉程度，东家长西家短，关在了门外，借米借油的日子，如一场童话。寂静的楼，直直地挺向高空，家悬而未决，浮在空气里，阳台上一捧土，栽下的花草，多是从工厂运来的，开上一季，下一季还得重买。老人牙关咬不紧，喊上一气，答应的是一串回声。穿风透气的巷子竖起来，走不出梯状的道路。

巷子拆去，可惜了树，小树可移，大树成多余，狂狂的放倒，截成一段一段，树有生命，只是它的哭，用沉重的跌倒表达。还有一些树，从拆了的房子里走出，把身上的刺字和文身，抖落空气里，让众多人嗟叹，众多人指指点点，谁是谁的祖辈。收藏者，用豆腐白菜价收购，砖头瓦片，发黑的房梁屋架，又一律画在纸头上，小巷人大气，把房子搬到另处，终可存下念想。曾挂在巷子绿叶间的鸟笼，慨然打开，鸟不飞，守在笼门口，叫上几声，缩回笼里，惊慌地看着笼外的世界。

搬着小巷的一块青石，离开小巷，青石光亮照人，透骨的凉，这是小巷留给我最后的念想。我把它放在三十八层高楼客厅里，对着它，完成家中俗务，或做雅致的事，有一天，我看到它淌出水样的汗珠，不久一场雨就下得没脸没面。青石预报阴晴，缘于走过太多的脚步。下雨时，我关闭窗户，我看到一副剃头担子，冷冷地摆在雨中，剃头挑子一头热，热的那头没有热气。

小巷在不远处，簇拥的楼正长高。

藏

“满园春色关不住，一枝红杏出墙来。”一枝红杏就破了春色的藏，何况春天也没准备掖着躲着，想打掩护的是园子。不过，园墙再高再深，又怎高过蜜蜂的翅膀，不曾出墙，蜜蜂早将红杏的秘密打探一清二楚了。

藏还真是个有趣的字，周正、笔画多。“夷氛敛而蛰藏，绸缪当先于未雨。”藏为动词，藏中有境，不是能够轻描淡写的。

孙子两周岁还不到，最喜欢玩的游戏是藏猫猫，他藏起来让我们去找，当然藏得浅显，不用费心就找着了。反过来又让我们藏起，他来找，结果往往是半天找不着北，我们从隐藏处走出来，才皆大欢喜。

藏似乎是生物的天性，和安全感有关系。常说狡兔三窟，兔子天敌太多，为了生存，连窝边草都不吃，还不是要把自己藏好了。“草枯鹰眼疾”，无窟可躲避的兔，此时的毛一定是草色的，以达到躲的目的。植物也是会躲藏的，它们相互掩护，比如野树莓果酸甜可口，一定藏于杂草之间，甚至树上还挂着草蜂窝，藏得又深又严又谨慎，生怕被摘了去，影响下一代的繁衍。

人的藏应是与生俱来的，原始的环境恶劣，先是藏树上，再躲洞中，之后是茅房。在器物中藏，寻求生存下来。“百尺为形”，在古文明发达到一定程度时，还是要藏，连皇帝死后的寝宫，也机关密布，收藏得紧紧的。

和孙子一样，小时喜欢捉迷藏，总希望把自己藏得紧紧的，让伙伴们找不着。一次实在没有好的藏处，陡然发现家中盖房子剩下的几张芦席，干脆把自己卷起来，向墙角边一滚。伙伴们这天没找着我，扫兴地各归各家，我竟在芦席中睡着了。后来被爷爷发现了，一顿好打好骂，理由简单，藏的物件不对。过去穷人家死了人，置不起棺木，芦席一卷就打发了。犯大忌，爷爷又气又急，只能用打和骂来宣泄对我的疼爱。

藏错地方，受责骂免不了。

秋收冬藏，一年四季落在藏上。春天扛着锄头下地，想着的是冬天白雪茫茫，家的灶洞里红彤彤的火焰，以及收获了的沉甸甸的粮食。粮食藏得紧紧的，那可是宝贝，家中有粮，心中不慌。

实际上，这藏是一个漫长的过程，耕耘、播种、除草、浇水、收割、打场、脱粒……由汗水始到汗水终，收藏的是心跳、是汗水，藏住的是希望。秋藏无疑是篇大文章，谋篇、布局、过渡、情节，在每个季节里，都做了精心细致的安排。

藏而不露，更多的是种文化。中国的谜语，谜底被谜面藏住了，“遁辞以隐意，谲譬以指事”，极尽妙意，烟雾密布，把一个个生动的谜底，藏在躲躲闪闪里，一旦揭开帷幕，蓦然间春光乍现，满目青山。“远树两行山倒影，轻舟一叶水平流（猜一字）”，谜面是诗是画，如若不用图画意味去合谜底，“慧”字就藏得深了，够找上大半天。

文章和诗歌藏着的也多，不懂藏，文章和诗歌就如同白开水了。李商隐的《锦瑟》藏进了多少春光情义，多少追忆怀思，又岂是可以轻易解透的，但每每诵读，一股美的情趣就扑面而来，这不就足够了。“鸟宿池边树，僧敲月下门。”推敲之间，又藏着怎样的深意和故事，但觉藏得好，一藏就藏成了千古绝唱。

曾和一个著名的散文家聊天，他说自己惜字如金，能十个字到位的，绝不写上十一个字，能两句话说清的，肯定不说三句。他的文章会藏，藏得诗意盎然。他藏的是文眼，给读者留下了想象和思考的空白。

空白更是中国画的藏，草藏春舟，见到的仅是投渡踏青人……

今晚细雨霏霏，小寒小冷贴近皮肤，已是春天，但春意尚远，隔窗听雨，我还是感到了春的逸动。春意被细雨藏住了，春天的美却是随雨溢出，可谓“好雨知时节，当春乃发生。”雨为好雨，藏自是有意味的藏。

春天藏不住，犹如一段妩媚浅泊的笑容。

茶非茶

晚上一杯茶，淡淡的，最好是绿茶。绿茶清心，一天落尘太多，淡茶适宜。

茶边应有书，厚薄不论，得和清绿的茶相匹配。淡茶透明，隔着玻璃杯，也能将书的情节看个透彻。

读《聊斋》要沸水沏茶，水汽氤氲，袅袅中有好意味，聂小倩们绝色美，云里雾里，把鬼气的动作，做得招数到位。此时，轻啜茶水一口，香气灌顶，已分不清人鬼情缘。

诗歌耐读，茶宜凉，三九天也要是，诗有根须，得在心中栽下，茶水热，诗的境界难在五根不宁中长出叶子来。诗和茶融合，如同微酒三分，似醉非醉。

茶驱人静，夜也静，此时可捉笔，把汉字的笔画，横、竖、点、折一一拾来，凑成方方正正的字块，再行组合，常用的汉字不多，有茶助力，还是组合出了万千变化。

对茶多少有些讲究，茶必自选，才能品出深意。每年谷雨前后肯定要进山，往山的深处里钻，深山出俊鸟，更出好茶。进山还得在山里住上一夜，在茶农家，听茶山的故事，和茶草的经纬。

一年在山中迷路，天快黑，才找到窝在山旮里的一粒灯火。山里人热情，先是沏上一杯山泉茶，茶酽香浓，直向五脏六腑逼。之后张罗吃和喝，山中珍品上了一桌，自是小酌，彼此不设防备，酒十成。

夜晚睡得熟，黎明醒来，鸟已啾啾一片，不知身在何方，细细想，才知置于深山处。再想下去，又记起，山中一对茶农接待了我。打开窗户，山色扑进来，一抹茶园，七零八落的茶树，点缀在山石之间。

这年，我寻得了最好的茶叶，茶条鲜嫩，色香俱佳。一年里，在清淡的绿茶里浴洗身心，我有说不出的惬意。

记得在告别一对茶农时，他们叮嘱再三，来年还来，给我准备好雨前新茶。第二年如约，我直奔山旮，却找不到落脚处，去年的场景如若只在梦中。

我在失望中流连再三，对着满山青翠揖拜，山太深奥，我能喝出茶的滋味，永远无法摸出一块山中石头的心跳。

此山是我开，此树是我栽，山中人有理由这么说，有理由把一些神圣、神秘藏起来。

进山寻茶，顺带着我还要采上一些山花、山草，花草不识，也是极美的，我把它们带回，栽进陶盆里，用喝残的茶喂养，花草安了家，茂盛地长，属山物养山物，没有陌生感。

晚上对着一捧清茶，我常和山花山草对视，如又进了深山。茶草浮泊，花草停驻，意味深长。

比如春还没到，雪在窗外飘，一株山中兰幽幽吐香，而茶气升腾，心便不知在了何处。

今晚雪大，冗务摆脱，茶就少不了了。

取了上好绿茶，当然是我从山中寻来的。茶不是俗物，好茶入杯得有仪式感。

净手煮水，水过三沸，烫杯入茶，浅水五六成，闻香小品，入眼入喉入心。书不读深刻难解的，一篇美文足够了。恰身边有散文选本，又翻到自己的文字，毫无陌生感，正是常喝常新的绿茶味。

竟想到《红楼梦》中的茶事，贾母爱瓜片，一盅一盅地饮。妙玉取花蕊中新雪，煎水沏茶，谓无根水煮有根茶，花香茶香，好生的曼妙。

今晚雪好，当有一试。“茶以雪烹，味更清冽，何为半天河水是也。不受尘垢，幽人啜此，却能破寒。”以雪说茶，雅醇。

不为破寒，只为品春，茶已非茶。

窗户纸

一些窗户纸不被捅破。比如过去，乡村的窗户纸薄薄的一层，总是安然于寒风霜花里。

房屋低矮，窗户小得如一声微弱的叹息，但仍是透风，吹送进阳光，许多时候，家要靠这声叹息点亮。

窗户纸还是要糊的，门能关闭，窗户却豁着口，仅靠几根不规矩的棍棒，挡住飞鸟走兽和不小心伸进的手。

面朝阳光的矮屋温暖，窗户一应朝南，北边的墙严实，偶有裂缝斜进阳光，刺出光带，那也不是窗户，不久就会被泥浆草填实。

糊窗户纸，多是在第一缕寒风吹来前。家境略好的会花上几毛钱或几个鸡蛋，换来几张光林纸，打碗糨糊，严严实实的贴上。光林纸半透明，阳光弱弱地穿过，逼仄的家，仍是柔和的。家境差的，报纸、牛皮纸也行，挡风拒寒气，也做得认真。有图省事的，抓几把稀泥抹平了，窗户短暂失明，家阴沉了，若是在洞穴里生活。

对洞穴般的屋，我感兴趣，黑洞洞的，充满了烟尘味。我在里面穿梭，尽管不是我的家，我还是有似曾相识的感觉，或许人是经历过洞穴时代，基因里有深深的烙印。

六七岁时我开始糊窗户，在家人的指导下，力求糊得牢靠、平整，好在窗口不大，半张光林纸，就能糊得严实。妈妈对我糊好窗户，总要抻抻拽拽，有时兴致好，还会寻来彩纸，剪些花草贴上，让白乎乎的窗户，多上春天般的彩色。

寒风在窗外打旋，窗纸作了有效的阻挡，我躲在屋里，看寒冷肆意，阳光穿过窗纸，投进的是丝丝暖意。那时我想，如有一张比光林纸更透明的纸该有多好，冬天里我就可以抱着太阳和月光睡觉，寒冷怎么样也找不到我的去处了。

有时不仅是冬来时要糊窗户，二德子结婚，新房虽破，窗纸却糊得光洁，偌大的红双喜贴在光林纸上，露出笑眯眯的喜庆。闹过新房，月辉在装饰过的窗户前洒了一地，我们一帮孩子玩得疯狂，边上有大人使坏，要我们听新郎新娘床头话，或者把窗户纸捅破了，就能看到一夜变成大人的神话。我们将信将疑，咬着耳朵准备行动，大人撵来了，拎着我们耳朵，一顿猛打，回家路上，大人自言自语：窗户纸不是都能捅破的。说得我们一怔一怔的。

野外对我们的引力大，一些兔子的洞窟让我入迷。狡兔三窟，窟口总是芳草萋萋。兔子不吃窝边草，我猛的以为，萋萋的芳草，就是兔子家窗户糊着的窗户纸，一层纸让兔子温暖，也更有安全感。

实际上，乡村还有种窗户纸是无形的。二钗婶子带三个光头儿子生活，孤儿寡母，吃了上顿没下顿，常在半夜，悄悄溜进成熟、半成熟的田里，揪些吃食。地里有损失，一个村庄的人看得见，也知道是二钗和她三个儿子所为，但没人吭声，有时还把门虚掩着，让淡淡的灯光传出，为娘儿四人照路。

一层无形的纸薄薄的，谁也不去捅破，二钗婶一家，凑合地活了下来。

窗户纸终是被捅破，已是好多年后。二钗婶的三个儿子长大成人，都小有作为，他们回到村子，翻修了自家的房子，又为家乡修了条敞亮的水泥路。通车那天，三个男子汉齐齐地跪在乡亲们的面前，把偷吃地里庄稼的事说得明明白白。二钗婶老了，但她立在一旁，双目中的泪清清亮亮，流水样年轻。

自己捅破窗户纸，为了敞亮，春天一到，冬天糊好的窗纸，不是都撕去了吗？

也是冬天，我站在高楼的窗户前，和夜晚的月色对话，窗口明澈，我邀月入室，一地的清辉。我不愿拉上窗帘，也没有需要捅破的窗户纸。

发会呆如何

下午上班，公交车在阳光里钻，一月天就暖和得很，如是春天。

两位女士对话：“冬天就这样过去了？”“不是吗？下雪天还零度，没冷到。”

言语里多有不甘，冬天该冷一场，才像是冬天，否则有啥意思？

为两位女士的话发呆，说的也是，知冷知热方为好天，路边的栾树满枝的叶和赤裸的杆都美，它在冷热中交换向度，多有意思。冬天不冷、无雪，一年中就少了一味。酸甜苦辣都有了，世界丰满。

雪是城市的风景，往往是冷的根底，如此去演绎，又会产生乡村的灾难。我心戚戚，还是暖和的好。

呆发得不是时候，车子过了站。

好在上班的时间还早，往回走，脚步不紧不慢，路边有人有景，可继续发会呆。

平时上班，多年形成习惯，喜欢找小路走。

小路有草，路有弹性，心愉悦。小草多处于发呆状，自生自灭，还真是有些禅意。

倒是路边的花开得自如，轻松明快。我曾自问，花为谁开？不敢说是为我开的。小路我走了几年，没碰见过人，但路仍是路，也没见路失了。

实际上花开和我何干？我走不走花都开放，看不看花都灿烂。

路边的野花不堪折，她们正独自发呆呢。

时有草种黏在我的裤绾上，它们也想远行，诗和远方对草有吸引力。

小路上我发了会呆，自觉值得。

农村的田埂好，不觉走进了一农家。

农家的院子深，三棵桂花树，占了整整一个院子，冬阳从葳蕤的枝头射下，疏疏的铺了一地，农家好温暖。

院子的地是青砖铺成的，青苔从砖缝中挤出来，再去漫延，就一地绿了。

静从桂枝上落下，跌在地上，弹到半空，院子也就静了。

我悄立片刻，兀自听到口琴的吹奏声。

吹琴者是位老人，他半隐桂树和阳光里。走过去攀谈，老人热络，几句话就把原委说清楚了。

孩子们都进城了，过得不错，有房有车有事业，老人本在城里和儿女们生活，但还是丢不了农家小院。

老人说，回来发发呆。

心头一颤，农家小院果然是发呆的好地方。发呆中有念想，老人的多半辈子在这生活，呆发得就有内容。

我借此也发会呆，阳光、绿树、青苔、旧屋和老人，呆可发得久远。

老人的呆发得有层次，口琴吹罢，又拿起葫芦丝，一曲《月光下的凤尾竹》吹响。

《月光下的凤尾竹》适宜发呆。

小时候放鹅不专心，鹅偷吃禾苗，奶奶发现了，总要骂一句：又“相呆”了。

相呆还是向呆，我至今搞不明白，不过意思我是明白的，“相呆”一次，鹅就会吃禾苗，一簇禾苗估计就是一把稻谷。

相呆反过来就是呆相，犯呆相可不是好事。呆子找不到老婆，虽小，我还是怕，怕长大了做了寡汉条。

村子里的寡汉条，多挂着呆相。

发会呆就不一样了，聪明人才会发呆，呆得山河无味，美人在侧而不知声色。

“难得糊涂”不是一会的发呆，而是把呆发成了常态，这可是大境界。

放鹅日子，还是常“相呆”，一个野果会招挨我，一只蜻蜓会打扰我，一匹蚂蚱会搅和我，这都是我“相呆”的理由，少收一把粮食又和我何干？

倒是现在怀念起“相呆”来，如此的发会呆是多好的事。

可谓乡愁，是最好的发会呆的承载体。

林清玄去世了，读了他许多文章，他短短的文章令人品味再三。

“常想一二、不思八九”，似乎是他的人生态度，还专有一文就叫《常想一二》。

对着“常想一二”发呆，有文气，再对“不思八九”发呆，就上升到哲学层面了。

呆如何发，还真有些讲究。

林清玄六十五岁走了，让我心中沉重，一个好的文学大家不常有。

一天都在玩味一二和八九，玩味好听，实在是发呆。 这般发呆几乎不需场合了，诗和远方与之无法比。

耳边无杂音，眼里无红尘，这呆发得清静。我以为林清玄是会发呆的人，随时将呆发得生有趣。

对着一个会发呆的人发呆，我要好好的发会呆了。

晚上，对着一棵兰花想事，心就走远了。

心走远就进入发呆状态。

昨晚失眠，为一个我尊重的人去世悲伤。

后来想到奶奶说过的一句话：睡着就不再饿了。我想复制：睡着就不悲伤了。

悲伤比饿难受，我睡不眠。

睡觉可算得上发会呆？不算的。如是，就好了，长眠不醒乃发长呆啦。

用文字围成篱笆，今晚我发会呆如何？兰的幽香陪着。

缝　补

奶奶护着几样宝贝，顶针、针线，还有就是一堆碎布，各色的碎布。

奶奶做了一辈子针线活，九十多岁还做，耳不聋眼不花，穿针走线，一个针脚也不落下。奶奶的针线活分阶段，七十岁前，是为了一家人的冷暖，“男不露脐，女不露皮”。奶奶带着家人在土地里淘生活，吃饱肚子，还得顾着衣着，难是肯定的。奶奶的手能，田里的活一摸不硌手，针线活也不在话下，算得上是百伶百巧。

可惜的是一年到头，让奶奶飞针走线的日子太少，田里活重，也最重要，吃饱肚子是大事情，衣裳是另外回事，护住羞就行。挂在奶奶嘴边的有两句话：“新三年，旧三年，缝缝补补又三年。新老大，旧老二，补补连连是老三。”

说的都是衣服的事，奶奶的针线功夫多用在缝缝补补上。尽管缝缝补补，奶奶也做得讲究，补上的补丁平整，缝了的口子多是补织，不注意，还真看不出。

奶奶的针线活在七十三岁后放了光彩，那时的日子逐渐好过，奶奶从田地里退了出来，平时里就拿起针线缝缝补补。奶奶缝补特殊——

用碎布，拼凑出百家衣。

说百家衣不准确，奶奶所做的是用各色碎布剪成三角形，再一块块拼凑，缝补成方方正正的布。一尺见方的布，至少要二百个三角形拼成。这布有用途，做枕套，做小孩肚兜，做夹衣，红红绿绿的，好看。

奶奶把这样的拼凑叫“斗”，完整的又叫“斗”布头，乐此不疲，七十多岁的人了，一“斗”就是大半天，斗好了一块，压平整了，放在一边，再去拼第二块。奶奶对色彩搭配有讲法，比如红配绿丑得哭，一套一套的。奶奶爱用红色，斗出的布头热闹，透着一股子喜庆。

所用的碎布，奶奶多是从裁缝铺的垃圾中拣来的，不规则，小的仅有酒杯口大，奶奶不嫌弃，一片一片的整理，花色不一五颜六色。奶奶动剪子，一方方的剪，红、黄、蓝、绿，心中有数，之后就是穿针引线，仔仔细细的缝，半天下来，一方有趣的布头“斗”成了，甚至还有些立体感。

对奶奶“斗”布，我是反对的，面上的理由是说伤身体，根底里是因为奶奶拣碎布，面子上过不去。奶奶似乎早看透了，瘪着嘴说：不跌相。反而让我无话可说了。

奶奶“斗”布，不知怎么就传了出去，上门求要的几乎每天都有。惯孩子做肚兜，新婚的做枕套，慢性病的做夹衣，都说百家衣吉祥，何况还是古稀老人一针一线缝的。

奶奶的原料开始充足，总有送碎布上门的，实际上，是以碎布当定物，讨要一块两块斗布的。奶奶一概笑纳，不要人说，定个日子，一定将“斗”好的布奉上。那些天，我和妹妹常要干一件事，帮奶奶穿针，一穿就是十几根，拖着长长的线。奶奶表扬，孙子眼“尖”，同时又叹息自己眼花了。

这一“斗”奶奶就上了九十，还是不放弃，上午“斗”，下午“斗”，晚上也“斗”，主要是奶奶斗的布头供不应求，总是欠着的。九十多岁老人针线下的百家衣，是宝物。我不知听了多少人这样说过。奶奶“斗”布有时也发感慨，碎布越来越大，有时竟是整块的布，奶奶会骂，也是轻轻地，估计只有自己听得清。

向奶奶求“斗”布的，时而有人捎上礼物，奶奶一概拒收，一句话：收，就不灵了。说得来人一怔一怔的，匆匆将礼物收回了。奶奶为之笑，笑得有内涵。

奶奶活到九十六，临去世前几天还是“斗”，斗布是她晚年的生活。最后的一块布，奶奶斗得艰难，但最终还是完成了，以红为主，热热烈烈的。

我藏有奶奶“斗”的布，压在柜底，隔个年把要看上一看，花花绿绿的有温度。

格　局

无法不想这个词，“格局”。

有意思的是一件小事启发了我。孙子一周岁多点，学会了走路，正是掏坛摸罐的年龄段，拿了个葫芦到处玩，先是放在浅水盆里，水少葫芦搁浅，玩出了头绪，转眼跌跌撞撞，又把葫芦扔鱼缸里了，吓得红锦鲤乱窜，葫芦却荡荡的浮了起来，孙子高兴，反反复复的扔，葫芦反反复复的浮。

一时间，我知道了格局，相对浅水盆，养鱼的玻璃缸显然有格局，区别就在于鱼缸的水比盆里的水深。

有格局的浮起葫芦，无格局的葫芦搁浅。就如此简单。

文字的布局好像也是，常读某君的文字，空灵中多了些浮泊重物的内涵，还有许多的空白，装满了生活的汁液，那是元气。他的文字是飘逸的，如是他讲究的长发。

文字要有空间、要有留白，越大盛装的灵气越多，这是文章的格局。

也有些人短促而狭窄，大事干不了，小事干不好，心域小得如石臼，半碗水就溢出了，如果把我孙子玩的葫芦放进去注定搁浅。显然这人格局小了，甚至没有格局。

和没格局的人玩不到一起正常，无格局的人不容人，还是远而敬之好。

过去爱说，比大海宽阔的是天空，比天空宽阔的是人的心怀。心怀是格局，大格局的心怀放得进海洋和天空。

认识一个老者，去世时，五个孩子跪在他的灵前，五个孩子一个姓，却没有一个是他的亲骨肉。说复杂，复杂得很，五个孩子，妻子从前家带了两个，另三个是收养的。他年轻力壮时能生育，但放弃了，把五个孩子一一拉扯大，还都小有建树。

他没后悔过，直到死，也没流露过一句小小的怨言。倒是五个孩子拉着他的手不松开，哭得昏天黑地。之中有多少故事，估计也只有老者能说清楚，可他一句也没说。

老者应该是生活在自己的格局中的，这格局有多大呢？反正装得下自己的天空。

我和老者短暂地共过事，他喜欢种地，在荒地上栽了些辣椒，辣椒长得好，整篮整篮的收，他每次都说，老丫头爱吃，眼里全是爱。

老丫头是收养的，活在他的大格局里。又何止是这些呢？

前些天，为写山，在不少的山里打转，名山大川或者无名小山都让我感动，石缝拥树，裂隙长草，何等的包容，尤其是峡谷、洞穴都要生长美丽，这可是山的伤口呀。

山的格局就是如此之大，石骨柔情，大美大美了。我曾在峡谷里走进山的身体，一股幽静之气袭来，平和而又安详，我慢慢品啜，如同在偌大的疆域里飞翔。

格局让山的伤口也广阔了。

还得说一个平凡的故事。若干年前家穷，常断了顿，左邻右舍地端着升子借米，多是去邻家的米缸自己舀，心不贪，平平的一升，端着就回了。家有米了，立马就要还上。叫“好借好还，再借不难”。还时，升中的米是堆尖的。又有一说“浅升借米，满升还”。

这是平凡人的格局，借和还、浅和满，都是格局、不大不小的格局，而正是这格局，组合成了那时乡村的和谐。

想透了“格局”，许多事就可坦然了。

朋友出境旅游，被外国小贼偷了三千美元，气愤归气愤，还是一笑了之，写段话放在朋友圈当故事讲。有圈友出主意，下次出国揣些假币吧。朋友哈哈一笑，千金散尽还复来。

五花马，千金裘，唤儿将出换美酒……格局大了去。

揣假币是格局，千金散尽还复来是格局。

我在孙子玩耍的浅盆里加了水，葫芦不再搁浅，荡荡的漂浮起来。格局是可改变的。

痕　迹

初春，小雨的声，残留的雪，抗住的冷，这是初春的痕迹。如若再过些日子，遥看绿了的小草，春的痕迹就又一次加重了。

微笑和妩媚留不下痕迹，随风、随阳光、随烟云一漾而去，要是留下，也是在心中，阴霾时抖出一些亮色。

几年前去看黄河，“黄河之水天上来，奔流到海不复回”，黄河是刻在黄土高原上的痕迹，水搬运来的痕迹。冰凉的水似刀，刀刀都将痕迹加深一分。黄土地疼，以浊黄为表情，这是它的本色。

浊黄，不是花的笑容。

花黄透明，阳光穿过，香也就来了。李白大醉，以诗挥斥醉意，他的诗也成了痕迹。“君不见，高堂明镜悲白发，朝如青丝暮如雪。”沿着这宽阔的痕迹，激约的已是滔滔不绝的情怀。

沈从文对张兆和可算得上旷世之爱。爱有痕迹，文字最妙。“我走过许多地方的路，行过许多地方的桥，看过许多地方的云，喝过许多种类的酒，却只爱过一个正当最好年龄的人”。文字好，刻的痕迹深，但也仅是让人喟叹。一个顽固地爱她，一个顽固地不爱他。沈从文只不过在和文字、和有温度而不向他散发的人恋爱。为这份凄婉感叹时，沈从文、张兆和都是悲剧人物。

民间有话：强扭的瓜不甜。道理来于自然，用在你情我爱上也准确。张兆和就是被从藤上强扭下的瓜，这瓜被催熟，根底还是苦的。不过，也有好处，沈从文为之留下了大量优美的文字，有的堪称绝唱。

曾读过一首诗：爱你，我可去死/但，我怕我死后/没有人，比我/更爱你。这诗不仅仅是写给爱情的，天下的大爱应都如此。大爱无疆域，大爱总是要留下痕迹的。

一件真实的事。三十七岁的儿子因脑干出血死亡，他的父母大义地做出决定，将儿子的双眼角膜、双肾捐出，献给需要的人。这痕迹留得牢了，是用生命来加固的。爱无止境，亮了的眼睛，泵血的肾脏，会将爱的痕迹拉长再拉长。

一条螺丝一条路。路是痕迹，寻着这痕迹总能找到结果。小时，冬天，大人撑着小船在清澈见底的小河钗鳖，钗钗见血，钗钗不落空，究其原因，简单，蛇有蛇路，鳖有鳖路。瞅准了，十拿九稳。

雁过留声，人过留名。不论如何，即便是惊鸿一瞥，痕迹是留定了的。大雁声碎，人海茫茫，循痕迹而去，如顺藤摸瓜，一定能找到这个“人”。

乐于山水，实际上也是在寻踪问迹。山水是时间凸起或凹陷的痕迹。故土山小，最有名气的是紫蓬山，和名山大川比，仅就是一小土包子而已，但还是喜欢，它们是历史和自然的记忆，很多物事死亡了，山水稳固，可谓“江山依旧在，几度昔阳红”。立于一石、一树边，心走远，远到石生、树长，远到自己成为一道别人可观的风景。

“云深不知处”就无痕迹可探了吗？非也。“松下问童子，言师采药去”，好生动的答案，紫蓬山也是有些烟云的，也是有药可采的，山石间的何首乌有旧情、旧忍、旧岁，但藤攀烟云，还是留下了青翠的踪影。

晚上有梦，梦在山清水秀里，尤其是古村落，炊烟有根，袅袅的从屋顶升起，偶有紫燕飞飞剪剪，一头扎进虚掩的老门。古村落寞，只有燕子呢喃，青竹抒情。推开一扇虚掩的门，走进去，呼应的是自己的脚步，好生的熟悉。抬头间一粒蛛尘落下，正砸中泪眼，这是在提醒吧，前世的踪迹飘落在房梁上——燕巢陈旧，乳燕拍翅。

梦为心留痕迹。小雨渐渐稀落，春天走深，又一组花开，新痕旧迹，磊明鲜艳。

花的想法

花有想法，花开多少层，就有多少层次的意思。我这样以为，便这样去观察。

我家的阳台小，却常年有花开，目下，月季、倒挂金钟、栀子、茉莉正开。

月季是花中常客，月月开，月月红，漂亮香味浓，不稀奇，但养眼。她的想法自然是占住一个角落，用勤奋，标注存在。倒挂金钟，看似娇柔，钟样的花朵，却常而摇动时光，发出五月到来的太息，沉静得很。茉莉的花开得早了些，估计阳台上的阳光太过充足，便提前开，花静好，香也足，足足的香用来泡茶，就喝出了人生的另一番滋味，让人忘不了。

栀子花是刚入阳台的新客，八十多岁的岳母从市场上买来的，满枝的苞子，云朵样的花，洁白的，或藏或露，透示着新鲜，她也该迟些开的，只是花农有思想，摸清人的心跳，让这人人喜欢的花朵提前露出笑脸。妻子一再提醒我，好好侍弄栀子花，岳母在意这花，必须宝贝样对待。换了陶盆，认真地浇水施肥，花便一朵接着一朵的开，叶翠欲滴。每天早晨，我浇水修枝，岳母就为我烧好吃的早餐。带着栀子的花香，我吃完岳母烧的早餐，总有一份感动萦绕。

栀子普通得很，插上一根枝，就活成一棵树，开出一捧子香。小时住农村，门前坐落着一蓬栀子，端午前后，香味正正的，在房前屋后飘，一家人伴香味捣鼓生活，爽爽的不感到累。栀子花开，麦子登场，金黄的麦粒，雪白的栀子花，都让人生出些喜悦。有得饭吃，有得花香闻，再富足的日子，也不过如此，知足。

童时读诗：雨里鸡鸣一两家，竹溪村路板桥斜。妇姑相唤浴蚕去，闲着中庭栀子花。喜欢一番，把这当作仙境。诗中的场景家乡没有，家在丘陵地，无江南的意韵，却知栀子可渲染出中庭的娴静。邻家小姑是戴花的年龄，总是采我家顶露的栀子，佩在发间，白花一朵衬出姣好，朦胧中，我把小姑当成了仙女。后来她出嫁远方，回来时，若赶上季节，仍是采花佩带，风采依旧不减。

几天前，表哥来聚，说家乡无水可吃，无言得很。我忙问，门前的栀子可好，他回答道，一树的苞子，等好日子开。家乡是有水的，一条自然河流过，水波长年不断，只是水脏了，鱼虾再不光顾。人脏，水可洗，水脏，又用什么去洗？表哥说，都准备拆迁搬走了，一个村庄搬进一座楼里，楼高，快入云了。栀子怎么办呀？我疑问。表哥说，就让她开花呀。答非所问。栀子花状若酒杯，没喝上几个来回，我们都醉了。

有些愁怨令人发孬。阳台上的栀子花另类有趣，我打量了一眼又一眼，多层次，多芬芳，眼中却多出了慵常。岳母对栀子格外的喜欢，一定有深刻的意想，时光沉淀下的东西，只有用时光解开。栀子花，也该有想法的吧，或许她的想法，就是时光解开后的想法，就是我的想法。我的阳台承载了花的想法，温和稀疏。温和稀疏也好。

本来阳台上还有种叫长寿的花在开，碎碎的簇拥在一起开。女儿种的，有些寓意。她送了一盆给爷爷奶奶，留下了一盆，放在阳台阳光下。长寿花好养，浇点水就爆盆，且满满的开花。去女儿家，却见她的小家，一盆绿植也没有，我自作主张，把长寿花送了去，花仅开，不会说话，但放在女儿装修一新的房子里，房间兀自亮了不少。长寿花的想法，我忖度，开出心情，美出心意。

有些花在阳台上结蕾，如六月雪、玫瑰吊兰、碗荷，她们的想法正在孕育，我得待些时日去看去听去想了。

黄叶之魅

黄乃鬼魅之色，我以为，但无妖魔气，我又以为。人黄有病，天黄有雨。病不是好东西，雨却是滋润物。黄的结果，天壤之别。黄色还有他指，暧昧着，竟脏了种颜色。

黄叶的魅，倒是魅力的魅了，叶上着黄，正是秋的衣裳。一枚叶辗转到黄，算是修成正果。

叶不容易，初绿，再绿，绿得持久，老谋深算中，已然黄去。风吹，雨淋，虫啃，鸟啄，都足以让一枚叶，伤痕累累，或青葱时陨落。诗人说，叶是谦逊的，默默垂着绿荫。叶也是无反抗力的，叶脉中全然是善良。

曾细细观察过一匹青虫，蜕变为蝶的过程。青虫如蚁弱小可悯，中等时还算可爱，成虫时就面目狰狞了。它们对叶子的狂热与生俱来，沙沙沙，发出微雨或暴雨的呐喊，叶在痛苦里煎熬，在撕裂中忍受。青虫结茧，破茧而出，美丽的翅膀下，是一些叶子破衣褛衫。

人们对叶的需求从没衰落，以叶为衣之后，又如虫子一样，把叶子当作美食菜蔬。当一撮茶草进入杯盏，清心的愉悦，成为一种闲静或寄托的选择。叶青绿着，它们与黄还有远而又远的距离。

我的杯中，正有茶草沉浮，它们来自谷雨的前后，小巧的绿色，不改昨日的容颜，而窗外的秋浓烈，片片黄叶临风，瑟瑟金属般声音，谁的色彩更亮，我真的说不清楚。

春山好看，秋山也很美丽。走过来的叶子，更是老成，它们以迎风一击的果断，铸造自己的表情，统一面孔，作离去前的准备，十指血肉连心，叶蒂何曾不连着树的心跳。

满坡的黄叶，沐风摇曳，注定是在宣誓，这是一种向死而生的宣誓。零落尘埃，化作泥土，护山，护石，护树。

黄叶飘飘，扰乱了秋的视线。虬扎的柿树，果实红艳，黄叶离去，更显柿子的珍贵，秋的目光随落叶而行，那些黄叶运动的轨迹，被秋描绘得丰腴多姿。

树在痛，果子也在痛，它们送别了一茬又一茬的黄叶，任由黄叶跳动怪异的舞蹈。舞蹈的语言充满了悲壮，树张开枝丫，果低下头颅，如在观赏一场俗世土气的仪式。

黄叶有根，根扎在树枝上，枝是它的泥土。秋风吹硬、吹瘦了泥土，根吸不动地气，叶便开始改变自己的颜色，它在对树暗示，它将远远的离去，去作一次奔风奔火的行走。

我在看黄叶落地的禅意，这再也不能回归的凋谢，那么的恣肆。树枝太高，黄叶低于尘埃，

枯萎的根怎能到达？只能交给泥土了，而泥土永远不能培植出黄叶的根。根已死去，在凋谢的瞬间，死得彻底。

死是新生，黄叶的新生在落下的空灵时。

我还看到一匹蚂蚁，黏上了一枚硕大黄叶。黄叶如手掌，把蚂蚁捏在掌心，蚂蚁学青虫的样子，在黄叶上留下齿痕。齿痕累累，手掌却老道，连透风的缝隙也没留下。黄叶似山，蚂蚁搬得动吗？

山被弱小的蚂蚁搬进了洞穴，洞穴是泥土的窠臼。黄叶沉沉睡去，一些真正的根在它的梦呓里留下了脚印。

雨来了，离根的黄叶，裸湿着身子，紧紧贴着泥土。不远处有呼唤，一头甜蜜的柿子，一个鸟飞而空落下的巢……我推开窗户，秋雨绵绵，黄叶一层，让消沉的土地，有了一缕可人的温度。雨打树叶，叶在地上，沙沙声，多了季节的沉闷。

有黄花朵朵，菊开了，黄叶相伴，这世界不寂寞。

又翻书本，黄叶夹在文字间。雨中黄叶树，灯下白头人。季节于秋，人也入秋。还说，扁舟一棹归何处，家住江南黄叶村。我刚从江南归来，江南黄叶堪比绿叶美。再有，碧云天，黄叶地，西风紧，北雁南飞。我在落叶纷飞里，已然醉了。

一片黄叶敲窗，我放下书本，彩云飘飘，天醒得晴朗。

恍惚

这几天有点恍惚，读史铁生读的。恍惚中陪着史铁生在古园地坛里，与一棵棵野草和树木过招，与生命漫谈。史铁生喃喃自语：一个人出生了，这就不再是一个可以辩论的问题……所以死是一件不必急于求成的事，死是一个必然降临的节日。史铁生已不急于站立起来了，坐在轮椅上，他的心和土地离得更近。他听到和看到的蜂儿、蚂蚁、瓢虫、蝉蜕，卑微，却更真切，更趋近于生命的本源。曾经的地坛荒凉而又寂静，安放一颗孤独的心，合适。

若干年前读《命若琴弦》，直至今天，脑海里依然有着一老一少两个身影，牵引着在乡村的小路上踽行，双眼无路，全凭心在行走。三弦琴偶尔响起，欢喜和悲凉，唤醒了缺乏滋润而枯萎的小草。两个盲人，洒下雨露，洇染别人，也潮湿自己。为弹断一千根弦子加油，更为一千根断弦叹息。眼前的黑暗，被心的光明冲淡，琴声反而更加悠扬。那时，我根本不知道《命若琴弦》的作者史铁生是个残疾人，我为小说中的人物，一次次流下眼泪，又想和作者对话，希望他的笔向前延伸延伸，让奇迹掀去黑幕，还出满目的清朗。

心存光明，眼前不黑。读《命若琴弦》的日子，正是我人生中最困惑的时间，升学的挫折将我抛进了漆黑一团里，我几乎整夜整夜的失眠，无眠之后，面对的几乎全部是苦涩。我的心中也有一把弦在弹拨，固定为一支曲目《十面埋伏》，突围成为我最为重要的事情。《命若琴弦》作了我的师傅，我也要弹断一千根弦子。我迷恋上了文字，找到了宣泄的渠道，弦一根根的弹断，字一个个摆列，天亮了，我却陷入了睡眠中，梦一束束喷薄而出，有梦就有了希望新生。

开始追寻史铁生。当我明白一个人病成为专业，写作成为业余，而从没有放弃时，心中的元气，陡地上升了许多。我徜徉在史铁生的文字中，如一个耕作的农夫，面对长势喜人的禾苗，充满了无限的憧憬。史铁生的文字，具有别样的穿透力，善于刺穿苦难，透进生命的光亮。

不止一次，我把史铁生和曾经村庄里的六叔联系在一起。六叔是双脚失去的残疾人，田里的活，多数时间里少不了他。他揣着把小凳子当脚，水田旱地，处处留下他的印迹。六叔田里活做得漂亮，栽秧笔直，锄地干净，割稻割麦也没见落后过。六叔有绝活，兴瓜，瓜肯结肯长，个个浑圆。史铁生也在耕种，只不过他种下的是文字、是思想，果不了腹，却能让人活得清爽，活得有意义。

六叔热爱土地，在泥巴里讨生活。史铁生在地坛的荒芜里种植，还出了一片葱茏。异曲同工，算得上都是农民——种植者。

生命短暂，最后过的节日，是死亡。史铁生先截瘫而后肾衰，十八岁至五十九岁，四十一年，痛苦、磨难，一直伴随着，结局在最后的节日里呈现了，他离去时，赶赴来了数百万文字，个个横平竖直，钢铁样的结构。一个人这般地死了，又这般的活了。

生与死参透的不多，史铁生看得明白，又教我们明白。用爱做调色，死和生，都柔和。和一作家交流，说史铁生，总是充满敬畏。对人对作品，更多是对史铁生。

几句对话有趣，权记下。

“生命太短，可拉长。力度大小，靠把握。”

“史铁生生命拉长了，五十九岁，若五百九十岁。他借了很多人的岁数。”

“他在还，用一个个文字，不知一些人可收到。”

“地坛老了，史铁生的轮椅，压中了它的骨殖。”

“断了的骨殖如枝，老枝新花，史铁生将自己在枝头。”

“生命是一本书，生是封面，死是封底，史铁生说的。”

“这书中间是空白，看如何写了。”

…………

还是放笔吧，枕边史铁生还没读完。能读完吗?

笺谱小语

作家竹峰兄美意，送我《笺谱日历》，印制精良，翻读中，诗画及意，自是美不胜收，当珍品收藏。

置于案头，时而读上一二，品啜诗画，斟酌空白，每每放纵心情，真好去处也。

大先生鲁迅在《北平笺谱》序中有言道："镂像于木，印之素纸，以行远而及众，盖实始于中国。"笺纸起于中华，笺谱就不用说了。

笺纸南北朝源起，一直为文人雅士钟爱，久负盛名的唐时"薛涛笺"便是代表。一页素纸或诗或画，一草一木一人物，小品大艺术，总是关乎情怀。空白之上舞笔游走，表露心迹，飞鸿传书，此情此景，早超越了书信的表达。

笺纸的选择，大有讲究，截然是和抒发的内容有关的。鲁迅先生在许广平怀有身孕时，自北平传书，也择笺寄送温情：彩色的笺纸上，绘着枇杷和莲蓬，枇杷三枚，莲蓬两只，一只饱含着籽实。由温情的笺纸，又派生出亲切的称谓：乖姑、小刺猬。

斗士转身为温存男，我以为和场景有关，场景中最重要的道具，该是笺纸了。

张爱玲就曾说过：旧上海的月亮，是铜钱大的一个黄色的湿晕，像朵云轩信笺上落了一滴泪珠，陈旧而迷糊。

旧上海的月色原是这般样的，旧月不可再重逢，若有云轩信笺倒可试试，滴泪不难呀。不过在这笺纸上写信，可得小心了，一不留意，就成了绝佳的艺术品。估计张爱玲用过的，否则难以有那么多氤氲的如月般湿晕的文字。

笺纸、笺谱太过深邃，幻觉般的素纸赋予了难得的灵性，移步换景，一笔一画，都有牵扯和运动。面对一张表情丰富的笺纸，我敢铺张书写吗？

实际上我是用过笺纸的，若干年前，我喜欢写信，天南地北地写，最中意的信纸，是印有梅、兰、菊、竹图案的信笺，一摞一百张，几毛钱一摞。图案都极简洁，寥寥数笔，形神兼备，有的占一角，有的浅浅的布满了素纸。字在图案边停驻，或在图中穿梭，内容便鲜活，便有许多的语词美好。

通信的朋友多，我也是看对象选择信笺的，家信多用竹筒，竹报平安，写得流畅。同学用梅和菊，叙友情也谈理想，挥挥洒洒中，青春洋溢出一分力量。

唯一用兰草信笺的，是给一女同学。兰草笺我特别喜欢，一株草兰栽满了浅黄色信纸，叶细如线，花剑楚楚，似在幽幽的香。信中多为文学而写，有时就是一首诗，淡淡的有些个愁怨。回信总是跟着而来，她也用兰笺，不过这兰栽在笺纸的右下角，鲜艳得很，每次回信满满的一页，署名总是藏在兰棵里，若不存细去看，还以为是兰叶中的一枝，也不知要躲藏些什么？

另一通信久远的朋友，我用菊笺，大朵的菊花开在中央。朋友回信，喜欢用素笺，他的字写得极好，龙飞凤舞，几乎可当书法作品来欣赏，文字又通透，每每让我陶醉。朋友用笺还有别处，爱在信笺的背面写，正面的图案不被打扰，字和画互为独立，也风味十足。

梅心、兰质、菊意、竹节，各得其所，那段飞鸿达意的时光，我真的十分留恋。

信笺突然就消逝了，信不再有人写了，信使的职业兀自沉入了历史的尘埃中，笺谱也难有人说上一二三。现代人热衷微信、微博、QQ，快餐式的交流，让刻入人心怀的表情，淡出了人的视野。状若鲁迅《两地书》的著作，恐怕再难出现了。

和文友微信对话，说笺谱，陡地转了话锋，如果写信，可能要有上千封了。心有戚薇，说不下去了。

再次翻开《笺谱日历》，朗朗好心情。有《成都诗婢家诗笺谱·兰》入目。“君子立身，行乎其素，履中蹈和，山头故步。”大意凸出，小品中大世界。

想用这笺写信，可不知写给谁?

静静的时光

静静的时光干净，处山峦深处，四边拥绿，阳光细致，正是初夏的日子。

早上出门，拣了一本书、一支笔，当然还有好心情，匆匆出门，把所有凡尘丢在一边，只想孤寂地去打发，一天或更多的时间。入住的地方，推窗是景，望远处是静，景和静美，交织在一起，就是大美。

极喜欢静，排斥喧嚣，我常爱隐于一个角落里，坦开自己，呆呆地看光阴走，看呼吸连动出一些莫名。角落肯定是个性营造的，即便是最热闹处也可以。心围起绿篱，一世界都可以安静的。可谓两耳不闻窗外事，一心只为心跳来。物我两忘，是境的极致，难得。

眼前的静是物态的，是被山和自然统领起来的。有一抹水泊在绿意上，几只水鸟歪着脖子歇中，随水波上下跳动，应该是有梦的，它们偶尔轻啼，估计是呓语。水边的野花，我叫不上名字，新鲜、绚丽，蜂们没遗忘她们，草野的东西，总有眷顾者。风好水好，但静的洗漱更能让野花野草奔放。我对山水情有独钟，而更中意的是山水汩汩的细节，静肯定是细节的纹理。

翻书面窗，我似乎也没读进。书写的是元纸的恩恩怨怨。元纸由嫩竹经二十多道工序，捞制而成。这纸鲜活，种上字，字不死，倒是令人向往。窗前有竹，婆娑出疏影，也有拔节的嫩竹，模样周正，想来是做元纸的好材料。家的阳台，种有独竹，妻子买的，她喜欢，却又不愿料理，交给了我。竹起先光秃秃的，我摆在一个角落，春风一吹，竟绿得有些意思。在我的意念里，竹缘静，静静的时光，能雕出它的原生态。果然，阳台上的竹盎然，自在得忘了周边，新竹千尺，可圈点了。

窗前的竹还可写上几句，它是野趣的，无拘无束地生长，有鸟筑巢，柔柔的不生硬。

午间和一散文大家同聚，他安然于一边，一杯绿茶在手边氤氲，几乎没听他说话，只是在倾听，我猛地感到，他就是静下的时光，一篇品相极高的散文，可捧起读。他的文章我读过不少，幽幽的有些况味，但不如他人耐读。想起一文友说我，孬，只知和草木对话。对极，我的内心羞涩，却又诗意，但在形态中又表达木讷，只有静静时光接纳我，我也接纳它们。

我希望静长久进行下去，如眼下，绿树摩擦窗户，只有这摩擦声摩擦我的皮肤，让山外的嚷噪在轻微的摩擦中消失，像浅写在白纸上的铅笔字被擦去，不留下痕迹。痕迹实际上是伤疤，文气点叫烙印，怎不痛？擦去可少悲戚。还是静静的好，静是心中的佛，不需焚香。

山叫紫蓬山，有紫气东来的意韵。也就是忙中偷闲，蹴在观景的客房里，宣泄对静的渴求罢了。心在三用，读书、看景、写文，全是静在起作用。似乎有鸟在窗台上扑腾，虫子许想看房中人，引来了小鸟。虫亡，鸟飞，剩下的光阴又静了。

枯　坐

面窗，看飞飞落落的雪，半天不眨眼睛，发黄的书简摆在一边，笔墨纸砚都冷了、静了，一株石菖蒲，正在独自叹息……这是我想象中古意的枯坐。比如苏轼的、李清照的、王维的、杜甫的。比如一些埋在典籍里，不朽的文字。

意由境生，一生二,二生三,三生万物而葳蕤。枯坐于境，便有意生。

雪天适合枯坐。积雪。飘雪。一世界的静。

我看到窗前，一只斑鸠枯坐柿树。柿树赤裸身体，独立于冰天雪地，斑鸠缩着脑袋，在柿树的虬枝吁叹。雪花穿梭，没有绕过它们的意思。雪是水做的身体，长了翅膀，也如斑鸠枯坐枝头。

斑鸠和柿枝积雪，唤醒了我因铺天盖地的白而茫然的目光。一场雪太过暴烈，随之而来的灾难般的美，撕碎了我的预期。眼前，来自南国的樟树、广玉兰多折断了臂膀，在冰雪的漩涡里，瑟瑟发抖。柿树好些，但遗落在枝头的红彤彤柿子，也在雪的压迫下，坠于雪地。这本是留给斑鸠过冬的果实，成之为一只只怒视苍天血红的眼睛。

鸟为食亡。斑鸠的领地被积雪侵占了，它以枯坐领略饥饿。天地一笼子，斑鸠的翅膀已是多余。

早两天，一只只小鸟，向我办公的楼里扑翅蹿，室里有温度、有吃的。温暖也是陷阱，它们被逮住，关进纸盒里。我和逮鸟的物业管理人员交涉，希望放飞它们。

室外漫天飞雪，物管大姐打开纸盒，挤在一起取暖的鸟安静，盒子里有水、有吃食，一如和气的家。鸟不飞走，恋着一份温情。我错怪了物管大姐。她对我说，让鸟们枯坐几日，天放晴，就会飞走。收拢翅膀小憩，可谓枯坐。

若干年前住乡村，常有左邻右舍因事，请小酌吃饭，尽心尽力地忙，主人会说，少酒无菜让大家枯坐坐。酒醉饭饱，情义满满的，何来之枯呢？如小鸟暂栖纸盒中，物业大姐送水递食，一团和气，也是不枯的。

枯坐有枯坐的无奈，但截然是种选择。李叔同算是枯坐了后半辈子的人，但终究成就了一代弘一大师。行似枯枝，心中却是住着一口深井，蓄满游弋的鱼。姑奶几乎一辈子没见过光明，在我的记忆里，她住在村头，基本上一年到头枯坐门口，听风声雨声。但她必做的事是天天烧了热水，供来往的村人解渴。夜晚点亮一盏烧，虚掩门，将灯光传出去，给夜行的人们，留壮胆的光亮。枯坐有温度，时而枯枝发叶，开香气的花。

人再灵长，也还是草木心，我以为。

草木无行走之实，扎根泥土，实实在在的枯坐，但仍是行走的，否则就没有一地的绿色。大雪天，草木枯坐入定，已确定是禅意。连斗雪的梅花也应是枯坐的，蜂蝶入梦，她们艳给谁看？不争春，仍将果实结下了，孤寂的果实酸甜，所有的心情，都在枯坐时酿造好了。

杜甫一定是枯坐过的，《茅屋为秋风所破歌》只有在枯坐时，才会明了，秋风在茅屋里的寒情。我在杜甫的草堂前枯坐过，游人如织，我心如止水，体会大庇天下的胸怀。

雪无休无止，斑鸠的枯坐还将进行下去，我突然感到它的枯坐是在等待。斑鸠是爱情鸟，雪毁家园，或许它的另一半因之走失。枯坐演绎为守望，守望爱情，也守候春天。斑鸠若有诗情，会不会写下《家园为暴雪所破》？

我指枯坐柿树枝的斑鸠，给不满十个月的孙子看，他小手乱点，他看到了斑鸠，也看到了落在雪地上的红柿子。雪白、雪寒，孙子没当回事，不停地缠，要我捏上一个个雪团子。

面对暴雪，我也选择了枯坐。对窗枯坐。看雪花蜂拥，零乱敲窗。手边有书，桌上有花。我让自己如一冬眠的树，把梦留在春天里。不好吗?

孙子扰我，我的梦提前来了。有咕咕声传来，枯坐的斑鸠抬头，风更紧，雪更猛……一断臂的树枝头，另一斑鸠声声唤。

留　白

艺术作品讲究留白，留白是气场。文学作品也是这样，留白犹如围棋的眼，有了，一棋才能活。读《独钓寒江雪》，一舟一杆一翁，其余皆白，白就是漫天一地的雪了，雪无声无形无影，却看得见，望得着，闻得出雪的香味，缥缈又十分的真实。

前几天得一印，本不懂金石之道，但爱得真切，一方石周正，字恣意像流下的一泓水，极细致的水，在留白中穿梭，湍湍的有浪花激起来，倒让人的心潮湿了。石本无生命，留白养成了灵动，石也就活了。

总以为石是泥土的骨头，三叶草在石里撑出空间，空而为白，骨头也就生出温柔，甚至有化石了的鱼，不时游动。

水也有这般道理。水中的鱼，是给水留下的空白，无鱼水死，死了的水淡而无味。水至清无鱼，这样的清，寡淡，怪怪的，只能照出飞鸟的影子，影无痕迹，鸟飞走，影子就彻底消失了。一年走淮河，淮阳境内，为黄河夺淮后留下的一汪水陶醉，水半透明，有鱼有荷，还能拾到《诗经》中的句子，比如蒹葭，苍苍的却是空心的，可吹响为笛。无疑笛音亦为水的留白，这留白有黄河水的雄浑，也有淮水略带叹息的不经意。淮阳有景、有史万千，水最可品啜，一品便流连。

喜欢读汪曾祺的短文，文中有留白，有元气的留白，供人多想象，世界就多样化了。自己也写些小文章，常把一些小苦小难点缀之间，有人喜欢，有人置之一边，自己都不当回事，实在是把小苦小难当作文字留白的，看似实，却是一味虚，不过有些苦味。一位百岁老人，把我小苦小难的文字，剪贴在笔记本上，一贴就是好多年，如今老人家作古了，我的小文还是不停地写，一停下我的心就堵实了。无独有偶，另一老人杨先生也收集我的文章，还常和我电话，说剪贴了四本，让我感动，说某某篇某某篇打动了他，我在心中自忖，这正是我留下空白最多的文字。

早些年在农村生活，栽秧点麦种玉米，株与株间留下空间是必需的，否则稼穑抢地盘，任谁也长不好。比如玉米，不能相互蹭痒，贴近了，玉米棒结不了几个。从大里说，田地间也要留有空白，太密集，水稻们没精神。塘口就是为田地遗落的留白，留白关水送水，主要是把地气集纳好，再释放出来，田连地埂，才会有大绿生发。

爷爷每年春夏，都要为树脱枝，删繁就简，把一些树的枝枝绊绊砍了锯了，为的是让树蹿高长粗。树有短暂的疼痛，却生长得更高，终而参天。爷爷砍出的留白，住进了太阳和雨露来，可是树们最喜欢的。爷爷也常为我脱枝，有时是话语，有时是眼神，有时甚至是老拳。爷爷为我的成长，做足了留白的文章，直至今天我仍是这留白的受益者。留下的白真好，我和树们都可以大口呼吸。

人要虚心，火要空心。我常回味爷爷说的这句话，虚心进步，空心火旺。虚和空，都是可摸得到的留白。

一些年里，心堵得慌，蓦然发现，原因是生命中缺少留白。生活多痛，生命有时难以承受之重，如此一方方留白就显得重要了，留白可用以呼吸，留白可让心游泳。留下的白更多是静的载体，在静中品味生活，体会生命的律动，留白自然养育了心的怦然。晚上静心于书桌边，翻阅藏久没读的书籍，一杯绿茶袅袅，大块的留白萦绕着我，一种诗意的氛围升腾，还有什么不可以破解的呢？

孙子十九个月，活泼可爱，常有令人惊讶的举动，知我枕边所伴的书是我最爱，他时而搬动，说，爷爷看书。我爱孙子，孙子给我的生命又拾掇来了广而无边的留白。

花开半最美，情留白最浓。说得到位。

二十四季气中的大雪来了，雪在路上。白茫茫的一片真干净，这是天空给大地的留白了。可以深深叹喟。

六千年前的一场雪

雾散。雪訇然而下，雪花如席。雪驱散了浓雾，雪照亮了天空。

这是一场六千年前的雪，下在古埂四周茫茫的旷野里。四顾苍苍，蓑草和芦苇遮住了所有的目光，走兽、飞鸟、游鱼、昆虫，还有紧缩在寒风中的人，目光只能停留在脚面上。

古埂太过古老，六千年前的六千年就关住了一汪水，以挺凸的高，傲然于水面，大自然造化天成般，给众多的生灵以立足、庇护。起先是水中的昆虫上岸，之后是蛇、狐等进驻，人随后也来了，手持石器，将星星火点燃，种下从远处携来的草籽，开始人类早期的生活。

豆和伴侣黍是古埂之地的最早开拓者，他们没有名字，名字是我面对扑面的雪叫响的。他们彼此用目光和肢体语言，表达爱怜和前行的方向。他们在一个早春，攀登上古埂，走兽们用异样的目光审视豆和黍，甚至亮出牙齿和利爪发起进攻，豆拎着石斧向走兽们砸去，黍点燃了开始露青的枯草，走兽们退避三舍。豆和黍成了不二的胜利者和占领者。

古埂的生命因豆和黍的到来开始澎湃，他们成了依水而居所有生灵的统帅，往往吼上一嗓子，狐和兔、鱼等生灵就瑟瑟发抖。那是一段美好的日子，豆和黍的爱情如盛开的花朵，黍静卧在花丛中，豆俯身将笨拙的吻献给黍，黍自然卧成另类的花朵。

雪落时豆和黍有了自己的女儿，一个水中游鱼样的女儿。

飞雪先染白了蓑草和芦苇，接着埋没了沟沟坎坎，那曾存身游鱼、小兽的地方，粼状地泛动波漪，偶有小鸟走过，划破些许的宁静，不久又被抹平了。平得如初生婴儿的皮肤，黍不知形容，但仍是让手在女儿的脸盘上游走。

女儿啼哭，风吹枯草样的声音，在古埂的雪地上蹿腾，黍不知所措，把目光投向豆，豆搓着手冲进了雪地，雪呼地冲向天空。六千年前的雪好白好柔好粉，豆一瞬间醉了，不是酒醉的醉，心醉，醉得彻底。好大好大的雪，好白好白的雪，好亮好亮的雪。豆说不出，说不出的雪才是真正的雪。

豆从雪地转身，怀抱里躺着芦枝和干净的野草，他点燃陶灶，火升起，草编的家暖和，又把陶鼎煮上，热气升腾。人间烟火，在古埂的雪地袅娜。

女儿笑了，豆笑了，黍笑了，雪也在笑。豆和黍决定把女儿起名为雪。

豆黍生雪，天合之作呀。

雪线由古埂向外延伸，不远处就是一方大大的湖。雪生湖上，湖上生雪，风卷浪急，雪在浪中生花。湖干净，雪也干净，有鸟俯冲，叼上的鱼干净。舟楫呢？还在岸边长着哦，千年百年的老树，一把石斧斫不动。

豆向陶灶续火，鼎中的水沸腾，他取来陶罐盛水，递给黍，黍啜了一口，猛地感到眼前的雪融化了一块。女儿雪的眼睛晶亮，她透过冒风飘雪的窗口，又一次真切地望雪。雪看雪，一望无际的雪原。

黍在某一刻就要成为诗人，心中情思飞扬，眼里含情脉脉，她要表达，她要把对雪的感受全程记录下来，还有对豆的爱情，找一个甑样的容器来盛装。黍四处寻觅，她哭了，激动的哭，终而找了条绳子，系下一个又一个结，心有千千结，豆解得开。

豆抱着女儿，读着黍的目光，雪和女儿一般轻灵，他想拥着黍，告诉黍一场雪后，就可石锛开地，点豆种黍了。女儿红唇吸吮，漾着新鲜的湿气。豆的眼角一湿，一片六千年前的雪花停在了他的眸子里。

有狐敲门，有鱼叩击窗户，还有花尾巴的小鸟抚摸草编小屋升腾的热气……古埂上空的雪无止无休。

天沉黑，天地间唯有陶灶里的火星星点点，这六千年前雪夜的亮色，照亮豆、黍、雪，照亮古埂和不远处的大湖。雪天好睡眠，豆睡着了，黍睡着了，雪和火醒着。睡了的豆黍在新石器时代石化，雪与火睁大眼睛，演绎为古埂古意的骨血。

六千年后的今天，我在古埂等待一场雪，一场和六千年前一脉相承的雪。我和朋友说，我要写雪，写一场六千年前的雪。说这话时，我归总六千年前的物件，鼎、豆、壶、罐、尊、杯、甑，还有闲置的石铲、石镞、石刀、炉箅，六千年前的心跳依然，六千年前的雪意依然。雪还在路上，我要唤醒豆和黍，让他们准备好眼睛，看雪，看雪般的女儿。

丰年好大雪，看女儿般的雪。

慢下来

四月雨急，早晨路上，花瓣一地，红红艳艳的落寞。夜来风雨声，花落知多少。数不过来。落花流水，春仍在，只是多了一份伤感。时光如梭，再美好也留不住。

祈望时光慢下来，春天慢下来，踩在落花无意里，我时不时地想，时不时地躲避和谦让，生怕不小心又碰撞易碎的春景。一年四季中，春最娇柔，花艳草嫩，连风也小心翼翼，紧或慢，都会生出一场雨来。春雨贵如油，雨养春又损春，雨洒上几场，春就会老去，老得忽然，老得没有征兆。春一过，就是夏，何况还没有明显的界限，商讨的余地逼仄得很。

春天美好，只能低声地赞叹几声。即便是赞叹，也是匆匆忙忙的。春光拽不住，何止是春光。子在川上曰：逝者如斯夫。流水湍湍，润物无声，时光亦然，塞在皮肤相触的缝隙里，陡生出深浅不一的纹理。

时光无法折叠，一律的平铺直叙，如一杯凉透了的白开水，饮尽后，再品味，已然太迟。不过，慢下来的端口还是有的，就看如何去连接。比如心境，比如生活，过程比结果更加有趣。前几天外出采风，一路好的景色，终是放慢了车速，沿途观赏，满当当的平和。心作一次流放，比独栽在终点的风景里，灵动得多。一抹森林比一株巨树，更加丰满。慢给出了朗逸，阳光般透明的朗逸。

古人比今人会生活，慢处声迟情更多，把慢当作了情怀，在慢中还原生活的真实。尤其让人惊喜的是以《声声慢》为词牌一些慢曲，节奏舒缓，缠绵娓丽。"黄花深巷，红叶低窗，凄凉一片秋声。豆雨声来，中间夹带风声。疏疏二十五点，丽谯门，不锁更声。……"南宋蒋捷的一首《秋声》将《声声慢》定格。慢下来才能听取雨声、风声、更鼓声、檐铃声、彩角声、笳声、砧声、虫声、雁声，从夜晚到拂晓，声声入耳，唯在慢中，解分得明白、真切。愁也不愁，愁在缓慢中消磨。

声声慢，慢出诗意。农人对慢的理解，用一句话来说：心急吃不得热豆腐。豆腐乃美食，烧熟进油盐作料，滚烫，急了，烫嘴烫心，得温热正好，方可大快朵颐。农人不做拔苗助长的事，一地庄稼，等扬花结实，熟透了才去收割。庄稼性子慢，农人安排好节奏，跟着慢，最终慢出了收获。慢自然是种胸怀，循着规律，慢得曼妙。少时种瓜，青瓜时就偷着吃，又苦又涩，到瓜熟蒂落，田畦已无几匹可采，苦恼中只有回望。急性子吃不上好瓜，香甜藏在慢慢的过程中。慢中渗进阳光、雨露、地气，必然十二分好。似乎爱情也这样，由牵手而拥抱，在慢中积累爱的元素，远远比一见钟情牢靠。

中午，花园空荡，放慢脚步走 。花草和过去一样安然，雨后的阳光灌进去，多了不少的清新，每天都走的路，也变化得亲切。路本是人走的，现在去欣赏，花草一边，倒成了路的一部分，交还给目光。

目光是会走路的，我第一次发现，却是用心。慢下来真正好，过去的匆匆，纠结多于放松。放进去心，心和路一起去漫游，最体现慢的内涵。实际上放慢下脚步，落实在心态上，心慢，一切就都慢了下去。

俗世太过浮躁，总想提速，又想登高，显得特别的莫名。曾看见过一只蜗牛登高，每天向上，缓慢得看不见移动速度，十天半月后，竟登上了最高处。蜗牛慢中求速度，一样的完美，一样有阳光披满它的周身。心不浮躁，何慢之有？

慢工出细活，慢下来更纯粹。小时家里请木匠，包工包料，木匠活计做得巧，手艺精良，就是慢，家具做好，还要一遍遍里里外外摸，用手的温度去忖木质匀称。他说，手是砂纸，磨得去所有疏忽。他的活计一年到头做不完，蹒跚地在故土盘桓。

木匠慢出细活，慢出名声，他的作品踩在泥土里，实在就是扎根的巨树。一个知名作家对我说，你要慢下来，对汉字要有敬畏之心，和慢工出细活，如出一辙。我学习着去慢，将一些字写得更周正。

星星滴落，风一阵后，花香急促，夜晚适合慢下来，打开一本书，读进去。

迷　局

雨水刚过，梅花就开得乱了。太阳少许的洒下，躲了一冬的蜂子，便扑了过来，黏在花朵上找醉。醉花如醉酒，蜂子们有些踉跄，有些站不稳。

春天布下的迷局，梅花最先做了栅栏。

蜂迷花乱。还真说不清，梅花的乱是谁造成的。

梅管报春，如司晨的鸡鸣，天亮了，还不能贪恋晨光，做一次逍遥游？

伴蜂纷乱，算得上逍遥。

记得某个春天，我将自己寄存在皖南的旧宅里，以诗歌的名义和古意对话。

春浓，浓得夜色也春。半夜熄灯，躺在床上听山岚的风喊。突又听到天花上窸窸窣窣的响声，渐行渐清晰。

一夜不敢眠，倒是盼着有《聊斋》里的故事发生。飘飘然，从天花上走下一妙龄女子，把酒问盏，再谈诗论画，岂不美妙？

早晨推门而出，才见旧宅被山绿围了，藤条从粉墙的缝隙透入，直逼天花，走得匆匆忙忙而又密密仄仄。

春天再次布了一局，用绿色的浸透，惊了我一夜好梦。

上山容易下山难，在春天尤甚。

我在下山时迷路了，追着一棵石菖蒲，失去了方向。

不过，我对这样的迷失，感到发自肺腑的高兴，在大自然里找谜底，真的惬意。

身边的春，闹人得很，只有菖蒲安静，我守在她的身边，体会闹中取静的意境。

世间迷局太多，往往走进去，就难以找到出口，忙乱中左冲右撞。

菖蒲开始移动，她的根包在走石上。石随水走，我谓之走石。

无疑，我随菖蒲走。没走多远，豁然开朗，我找到了出山的路。

山不迷人，人自迷。

春的迷局好破，一棵草就可引路。

春天的散步，快意。

我喜欢一人，顺着熟悉的路走。比如湖边，我就走了千百遍。

走着走着，春就老道了。走着走着，我就有了流连的地方。

似是一桩钟情的约会，我必须在一片青草萋萋的小树林停下。

一棵梅，花刚谢。一棵月桂，月月开花。三棵楝，无叶无花。一棵榆，土气得张扬。

我在小林里，故意迷茫自己，把它当作迷魂的阵地，寻找人生不多的丢失。

总是能找得着。一段耳语在梅果里。一抹脚印在桂香中。一汪眼神在楝的枝头，纷乱着纠缠。一句乡愁，却为榆的土气挂枝。

自己布置的迷局，好破又难破。

有些年头，我为自己的羞涩悲伤，内心敛收得如一只捏紧了的拳头，不善言谈，也不愿言谈。

有一年春天，同学聚会，某同学突发奇想，比口袋里的钱多少，钱最少的买单。同学们都欢呼，好主意。

羞涩的我没发表意见，随大流。之后心中吃紧，知自己钱少，买单不怕，却怕钱不够。

同学们纷纷掏钱，多是大把大把的。轮到我了，一阵紧张，竟发现我搭在椅背外衣左右口袋里都是钱。

最少钱的我，那个春天聚会里，我成了最大的富翁。

单没买成，一个迷局却布下了。谁塞给我的钱？显然不是一个人。

羞涩的我，这天更羞涩。不过，羞涩中，我又有了一种开朗。

晚上在家带孙子玩，到了孙子睡觉的时间，女儿、女婿抱着孙子走，孙子不愿意了，非得缠住我。

女儿给孙子布了个局，径自关门走了。

孙子转身不愿意，指着门呵呵叫，意思也要出门。

打开门，孙子又不愿意走了。反过来给女儿布了个局。

如是再三，孙子终是被抱走了。

所有的迷局，就是一道门隔着呀！打开兀立着真实。

还是在迷局中，初春的夜晚，除却安静和挂在空中的星月，所有春的元素，都各自保持独立。

鸟系枝头，无巢而眠。

梅醒枝头，独自芬芳。

草含露珠，小绿无言。

窗咬月光，不留齿痕。

人约梦幻，愁怨自知。

…………

文字在书中，拱出一条路，悠闲地向前走。

我让茶和水，在杯中同居。轻啜一口，似乎破了这一局。

起　舞

尼采说：每一个不曾起舞的日子，都是对生命的辜负。这是新年初始，我读到的最有温度的句子。此时，窗外太阳隐埋于雾霾之中，室内兰草吐香，天门冬青翠，多汁的根茎正在翩然起舞，透过泥土，发出逸动的信号。

天门冬在我家的客厅里，已安然度过许多年头，她簇生挺括，草的身子，长出竹的姿势，无风而摇曳，有君子之范。起先我并不知她的名字，因她的身段和谦逊的绿而喜欢不已，便采来种子，随意种在花盆里，渴望着她能抽芽，生发出舞姿来。等待的时间一久竟忘了，直至她冒出纤细的枝叶，才一再去探视。天门冬的叶呈枝状，三枝一簇，叶芽鲜嫩，老成时叶碎，镰刀样，割得时光乱颤。三枝叶相互帮衬，有三人行互为我师的寓意。

客厅里因一簇天门冬，兀自生动起来，一汪绿自不用说，阳光剔进，绿透明，懈怠的目光，也会产生灵气。我最为欣赏的还是她的婉约，如一首小诗，时而演绎出淡雅的心情。用曼妙形容，毫不为过。我是一个喜欢追根求源的人，尤其是对钟爱的植物。天门冬，又名门冬、颠勒、天棘、颠棘、万岁藤，除了观赏，还是一味良药，她的根块是常用的中药，有滋阴润燥、清火止咳之功效。王安石有诗：赤车使者白头翁，当归入见天门冬。与山久别悲匆匆，泽泻半天河汉空……说的是中药配伍之事，不甚懂，但却见证了天门冬的另一层面。

在我的理念里，所有的植物都会舞起，兰草、茉莉、月季、冬青、梧桐等等，生根开花落叶，是舞起最好的动作，可以捡拾起细细地品味一番。天门冬和文竹有相近处，叶婆娑，枝独立不盘缠，植株丰盈、流畅、清秀、静雅，尤是在阳光吹送下，垂被的枝迷目起舞，比起文竹来，多上了一泓潇洒。宋苏轼曾有诗句赞美：自拨床头一瓮云，幽人先已醉浓芬。天门冬熟新年喜，曲米春香并舍闻。瓮云醉人，是律动，更是自心中而来的舞起。

心，若没有栖息的地方，到哪里都是流浪……似乎是三毛某篇文章中的妙句，早过了读三毛的年龄，还是常被打中。栖息也是种舞起，关键是栖息的地方。我捡起天门冬种子的一刻，沉睡的种子该是恍惚的，当我把她交给泥土，相信在冥冥中一定有声叹息发自心底，之后就坦然地吸取天地精华，放纵绿的张扬。天门冬日日舞起，肯定一天没消停过，不然如今大捧的绿色，只会是纤瘦的一条。对天门冬，发如此的幽思，也该是我的舞起吧？天门冬守住一捧泥土，心有安放处，何愁不逍遥。

昨天陪父亲、母亲、岳母外游，无意中扭伤了腰，今一天痛得别扭，主要是直不起腰杆看望世界。索性静下心来，和书和植物对话，书与植物陈设在客厅里，一律地可以平视，显不出勾腰屈背我的卑微。天门冬就在我的身边，可以抚摸她，可以用最平常的心和她对话，如同谈一场充满愁怨的恋爱。我对她说，我看到了你骨子里的善意，瓮云铺陈，舞起的枝条妙境横生。我还对她说，我把自己的心交给你保管，别丢了。天门冬无语，草木有心，听到了，也仅是默默作答。

舞起，不辜负生命。面对眼前可以数过来的植物，腰连动着心一起痛楚，过往的日子是否懈怠得太多，荒芜得太多，还不如一株天门冬，拱动泥土，拔节而长，甚或离根索居，作一杆插花，辅助玫瑰百合之类。

诗人说：草在结它的种子，风在摇它的叶子。我们站着，不说话，就十分美好。不说话，也别忘了思考，思考也就是舞起。

且让风去

风无根，行色匆匆，来去无踪。却有重量，常常压垮苦心的经营，杜甫有感受《茅屋为秋风所破歌》，破因不堪重负，压的。

对茅草房记忆深刻，土墙草顶，最怕两样，火与风。一把火点着了，火借风势，三两个时刻，就只剩下烧焦的屋框了。风也可怕，风凶猛，茅草顶承受不起，失根的草被卷起，朝着一个方向狂奔。茅草没了，屋破，只剩下雨猛灌，家成泽国。七岁时，风刮不停，爷爷去世了，本就是一场风。而自然的风似乎找茬，没完没了地围着我家的三间草房转，父亲在外地工作，母亲是家的顶梁柱，风一来，母亲就忙着向屋顶泼水，试图增加些重量，不让茅草被风刮了去，但风不饶，最终屋顶还是掀了去，松散的茅草在天空乱舞。我和妹妹吓得哭，雨飘泼，也分不清雨水和泪水。

故乡人把掀去屋顶的风叫骚风，又拿它没办法。兵来将挡，水来土掩，风没个讲头。唯一盼着的是风快快离去，好在风无根，如然扎下了，日子难过。

一年去沙漠，风大沙狂，风无止境，我开始理解什么叫不毛之地，沙是风搬来的，绿色是沙掩埋的，风沙交织，世界开始混沌。在风沙的肆意里，我突然感到幸运，若干年前的故乡有风无沙，而风无根，匆匆过往。沙漠的风就不一样了，生生地扎下根。我屏息观察，沙和沙摩擦，风在沙和沙的缝隙里穿过，分明就是一块粗鲁的磨砺石。

我这几年对沙漠中的绿洲关注有加，对为沙漠中植绿的人充满敬意，他们和风争斗，栽树栽草，希望把绿留下，把沙固定住。我时而为此想到母亲当年，一瓢瓢的把水泼向屋顶，为的仅是增加重量，把轻飘飘的草压住。功夫不负有心人，沙漠中真的出现了一片片绿洲，沙扎下了根，无根的风钻不进地底里。

由此又想到村子里的大牛，生下时母亲难产而亡，连一口母亲的奶水也没喝过，风想卷走他，他比一根茅草还轻。大牛父亲哭天哭地，

乡亲们拥了过来，轻轻的也如风。大牛有了奶喝，东家一口西家一口，竟也活了下来，百家奶养人，大牛长的不比别家的孩子差。大牛长大了，他的父亲把手艺传给了他，要他好好地做个茅匠，给乡里乡邻拾掇屋顶。大牛用心，几年一过，手艺就超过了父亲。农闲时间，大牛就猴在乡亲们的屋顶上，东家一天西家一天的忙活，屋顶拾掇好了，他拍拍手走人，不取分毫，说急了，大牛就说，还奶钱。骚风还是不停地刮，屋顶还是不停地掀，不过，有了大牛，雨下得小多了。

无根的风匆匆过，有根的雨却留下了，常常说，你有春风，我还秋雨，秋雨落下，就生下了根，润天润地润万物。

且让风去，我对风而立。这几天风扰风硬，天渐渐冷下来。在风中，我想风的事。路边黄叶成阵，落下了就在地下翻滚，好像在找自己的归宿，“好风凭借力，送我上青云”，这实在和黄叶无关。如若黄叶是景，也是凄凉景致。景致肯定是可赏的，只是风来，景就乱了。

早晨等公交车，黄叶乱飞，清洁工撵落叶打扫。是个老人，头发全白，深刻的皱纹快被风刮折了，我听他低语：风不止，叶就落……

他盼望树上的黄叶快快落尽，黄色叶景和他无关。且让风去，我又想着。

茅屋为秋风所破。我想到故乡，想到沙漠，想到大牛，想到清洁工……而此刻，我正行走在布满风的山道上，天黑，只能听到黄叶们相互拍打的声音，风催我行，我停不下脚步。且让风去，寒风的尽头是春天。

时光令

一人在家，尤其是夜深人静时，喜欢燃一支线香，烟绕香环，时光突然就变慢了。线香明灭，夜也更加安静。

书入思绪，此时的读，才叫真正的读。好书这时读，一个标点也浪费不了。精彩处拍案而起，甚至连带上句国骂，仅只线香听到，何况线香的记忆，不久就焚燃尽了。

写作也是好时间，无须红袖添香，香到好处时，自有境界。

静夜焚香，多有幻象。李白说：日照香炉生紫烟。紫烟是什么样子？夜间缕缕香烟，就是紫的。

青烟在幻象中发紫，还会生发出故事。遥远的人从月宫中走来，纤手葱玉，指尖轻握，心醉了。《聊斋》中的情节与现实交葛，只是让夜更加深沉。

读小学时，老师有创意，出了道题目：一支线香燃尽需一小时，仅有一支线香与火，如何测出半小时？同学们七嘴八舌，老师总摇头否定。我讷言，不大爱掺和事，老师不饶，就差拧耳朵提问。我说，线香从两头同时点燃，香尽为灰，正是半小时。老师满意，倒是同学们安静了片刻，就在这片刻，我第一次听到了时间嘀嘀嗒嗒的声音，如自天籁。

老师又发挥，说，用两支香，又如何测出十五分钟呢？当作思考题交给了同学们。

那年我七岁多，爷爷刚去世，我对生和死亡才有直观的认识。爷爷的死让我悲伤，同时学会了一个词：驻寿。寿乃时光，驻寿也就是一个人的时光停止了。

老师的思考题难不住我，有解。两支香，一支两头同时点燃，另一支点燃一头，当两头点燃的香燃尽了，再点燃另一支香的另一头，这支香燃尽，表述的过程就是十五分钟。

农村人的家中都有线香，净手焚香不为佛家事，为的是一股香气。

香为檀香，淡淡的，却有厚度。乡间的时光似乎不珍贵，檀香的青烟四处弥漫，连透风的墙缝也填满了。我把香点燃，插在墙缝里，我看到土蜂萦飞，它们奔香而来，我完成了十五分钟的思考题。

也就是这天，我明白了时光是可以燃烧的，燃出香雾，香雾散尽时，光阴走远。古人用香计时，不是把一天天送走、一夜夜过得完整无缺吗？

许多年后，我见到老师，他已经老态龙钟，说起测试时间的故事，老师眼中冒光，问我，可曾悟出什么？我答，闻到过时间的香味。老师大笑，说，我这根香，快燃尽了。老师不悲伤，身尽香不绝呀！我没说出口，这是我的彻和悟。

这几天雨雪多，我迷上了小城的河，总爱打着伞在河边散步，寒风有趣，漫不经心吹走我的枝枝丫丫，水曼妙，承托雨雪的鞭挞，一波漪着一波，倒显出了雨雪的小气。立于岸边，我想到了“逝者如斯夫”的说道，惊觉时光的号令无处不在。

线香、小河，几乎是水火的事，我不知为什么就把它们系在了一起。

今晚的夜可更静些。小河边回来，我点燃了一根檀香，一本埋在枕下久远的书，一杯远方捎来的红茶，招香宽心，浅啜慢饮，立定没静，持书入境，我迎来了自己的世界。

时光好有厚度，我翻着一页又一页。

时光发令，紫烟清明。

树荫下

树荫是为夏天生的，从这个意义上说，漫卷的绿叶是因骄狂的太阳铺下的。

我的慵倦盘在树荫里，如一条无毒的蛇，吐着红丝丝的信子，热从我的汗毛孔喷出，几乎冲落了悬在树梢的嫩叶。夏天是生长季节，众多的碎叶撑开芽苞，不屈不挠，打开手掌，捏紧灼热和燃烧。

阳光隔断，树荫来了。

我就在阴凉里，感念着“前人栽树，后人乘凉”的训示。道理不复杂，却远远的没有边界。我看到一枚虫，花朵样美丽，它在叶的背阴处打瞌睡，似乎还有梦，轻轻地发出呓语。

一树一阴，一叶一虫，总可以参悟透些什么来。书可以读出意境来，实际上慵懒时，看虫子睡觉，比读闲书有意义。虫子会醒来，它们呼吸、啃食，树叶疼，若是人身上的寄生虫，咬了皮肤一口。

虫在树荫里翻身，青果在侧，还有纷乱叶阻挡鸟的目光。我以为虫是美术大师，它们用牙齿作画，为树留下一帧帧回忆。它们还会在青果上雕刻，无论甜涩苦酸，一下手就入骨入肉。

虫在树荫下睡觉，忘了醒着时干的事，比如它们的雕刻，伤到了果子的内核，果子就要坠落了，它曾留下的牙痕，就要被蹲守的黑头蚂蚁搬走。

网状的叶脉，肯定是抽象的画作，醒来的虫子会欣赏，往往眼睛被太阳戳疼，它们就作茧自缚，制造自己的阴凉，然后咬破，化为一种叫蝶的昆虫，再扑灯而去。

人有时也是一匹虫子，在树荫下倦怠，在夜晚扑火，火没灭，人焦煳。黑夜沉沉，非扑火找不见光明。树荫不同了，伸伸手就能撕来光明。

一寸光阴一寸金，树下的阴也是光阴，只是有一缕缕凉意。

曾去过一老年公寓，树荫重得很，老人们三三两两坐在阴凉里，如一个个陈旧的雕塑，突然有种冲动，想把所有的阴影扯碎了。

阴凉长得不是地方，好生的别扭。

我拉着一老人，去找太阳，太阳点亮了老人的眼睛，他突然问我：你是谁？又自言自语：

太阳下无亲人了，他们都在阴凉里。说完，又成了一尊雕塑，青铜的雕塑。

那天，我对树荫无好感。

小时家穷，夏天炎热，屋子不透风，喜欢树荫，常在之下席地而坐，听凭风吹，被一粒粒虫屎打湿。

还会在树荫下睡上一觉。树是槐树，荫就是槐荫了。我知道树会歇中，歇中的树叶子不精神，发蔫，软绵绵的下垂。我也发蔫，倚在树干上，让一粒粒蚂蚁当成了树，运走了我身上的皮屑，甚至伤口上的痂子。记不得可有过梦了，如有也不会精彩。好在睡了一觉，一下午有了泼皮的基本。

一年，大中午锄棉，太阳太火，棉地头恰有高不过人头的构树，筛出一捧阴凉来，我一头就扎了进去，一瞬间凉爽进心里去了，世上竟有此美妙的地方。

枕锄而睡，梦就来了。

醒来时，我发现就凉而眠的不仅是我。锄头边，一条蛇，一只蚂蚱，一头蛙，一个兔子，一尾小金蜂，还在呼呼大睡。树荫好呀，临时的家成员复杂，相安无事。

背靠大树好乘凉，小小的我，还有虫子们无须大树。

中午略闲，想到树荫，就去了，无锄可荷，纯属放纵心情。

树是栾树，高大，叶浓密，栾阴厚实。寻常入眠难的我，小坐片刻，梦竟袭向我，梦得惊天动地。

坐而有梦，真的难得。梦中自己成了一尾虫子，咬碎了所有绿叶，阳光由叶脉冲入，阴凉兀自褪去。

惊醒时，我成了一棵树，但无树荫。

纹　理

一

喜欢上“纹理”这个词。汉字的魅力往往就在这，有的字词，看上眼一见钟情，想着去和它恋爱，心急火燎的要娶回家去过日子。

“纹理”是这般的词。

我是在一条小河边，对“纹理”二字钟情的，迫不及待地打开了它。

“纹理”最早出自于《梦溪笔谈·异事》：“予尝于寿春渔人处得一饼，言得于淮水中，凡重七两余，面有二十余印，背有五指及掌痕，纹理分明。”“纹理”一词出于淮水，淮水做出了大贡献。后有诗句：“清寒气骨带冰雪，横斜纹理含风漪。”无疑加重了“纹理”的重量。

小河刚刚解冻，为春河，水也就是春水了。

春水的纹理密仄，湍湍的流，有微寒，却是柔和的。春水的纹理带着情趣，被小风一吹，远远近近的荡漾涟漪，将一些早春的小花小草拉拉拽拽地糅合到一起，组合了春天的景象，尽管是初春，但也有盎然之气。

小河东去，水的纹理却是停留下了，缓缓地向岸上走，草木沾了灵气，我跟上沾光。在水的纹理里，我有回归感，大自然不薄万物，即便是草芥，水的湿润也是均摊的。此时我就是岸边的一株小草，我伸展身子，将自己慢慢拆解开，手臂是叶，双腿是茎，平铺开目光，极力吸收水的营养。我放浪形骸，用草的心态，观察鸟的飞动，看一尾尾早起的虫子如何把阳光藏进羽翼里。我还和青苔捉起迷藏，青苔比我善藏，它们在土和水的旮旯里，把身子扁平了，让我的目光投不进去。我接受了卑微，因为卑微，在水的纹理里，卑微却是生命澎湃的真实。

水生万物，水的纹理见证万物的浩荡。作为一株草，我会成为春水纹理中的一道。于是我在河边努力着、努力着，真的就是一株草了。又有谁不是一株草呢？只不过常把自己当作栋梁了。

春风化雨，雨揽着春的腰肢。春的腰肢扭一扭，风情万千，又转化为水的纹理。纹理召唤春天，便把春水做实了，如高明的诗人，每一次抒情，都牵发情感的流淌。好的诗人会召唤词语，他们用词语营造流放的纹理，让这纹理和心的纹理融合，再生出漩涡与激流。

有一年春天进山，由于脚疾，我没能登山远望，一个人留在山脚下，寻了一汪山泉打发等待的时间。

山泉好静，几粒蜻蜓点水，把泉水点破了，泉水的纹理一层层地打开，我在如镜的山泉里看到了自己的无奈。山影在泉水里诱惑我，似在诉说高山仰止的神话。水的波漪一层层的濯洗，我走进了泉水的纹理。

泉水的纹理由山气组成的，有石的坚硬，也有地气的柔弱，而更多的是春的清新。我感到了泉水的清冽，感到了山深呼吸的吐纳，感到了春天对寂静的包容。山声沸腾，山泉安静，揉在水的纹理里，却是一种和谐。

我在泉水的纹理里，安然地进入梦乡，一梦就梦得辽远。梦中我的周身放松，如云朵相托而飘飘然，似在仙境。醒来时，群山散淡，目光所到之处，春山处处都有孕情，这孕情竟是水的纹理荡漾去的。

去山没上山，在泉边感悟水纹，倒不失为无法选择的选择，山水本不可分割，泉水就是从山头流下的。齐白石老人家有画“一片蛙声山中来”，几尾蝌蚪随泉的波漪而下，此处无声胜有声，波漪是水的纹理，也是山的纹路。

回途中朋友们调侃我，上山在山泉边做梦，白来一场。我不以为然，和泉水纹理交流，并领略了山纹水理，特值。

小时一件事至今记得牢，在水边玩，一不小心滑进了塘中，我水性不好，游泳也仅就会狗爬式，折腾几下，水就向我口鼻里灌，心想，这下完了，但不知怎么的扑腾，我踩到了塘底，憋足了气，一步步地向塘边走，水竟纷纷打开来，让出了一条路。那时，我还没接触过纹理这个词，现在想想，能从溺水中走出，我是找到了水的纹理。水的纹理不是一团乱麻，走得通，也走得远。

也就在这天，我发现一塘荷花开得灿烂，她们从塘底探出，是走的深水的通道。

晚上泡了杯绿茶，为一天过去的时光发呆，茶水清香，啜一口心爽，陡地觉得我撕破了水的纹理，不安起来。

这般情景我曾见过，小鱼戏水，常把一汪静水扰乱了，水的纹理也因此慌乱，可不久这慌乱又恢复常态，水生万物，也是生就自己的。

于是我又把茶喝得有滋有味，道理明摆着，水的纹理是打不乱、撕不破的。

纹是文的演变，理是玉的化身，我的喜爱还是理由充足的。

二

小时候跟着父母，学干田里的活，挖土方活重，一锹挖多了端不动，挖少了甩不出去，黄土黏锹，欺负年少体弱的我。禁不住直起腰来看父母一锹又一锹的在土地上忙活，土如是听话的孩子，乖乖地顺着父母的心思，长了腿般的行走。

伯父更是做田的好手，挥锹挖土，像是利器切豆腐，每一锹土都方方正正，开了口地也是规规整整。看我东一锹西一锹的戳，伯父对我说，按土的纹理挖呀！

土也有纹理？我放下手中锹，打量半天，黄土沉郁，哪来纹路。对伯父的话不曾当回事，心中恨恨，待我长大，力气足了，一样可把土当成豆腐，刀打豆腐两面光。

到了秋天，家中翻盖房子，要梭土坯当砌墙的材料。伯父起得早，和爷爷商量，选了门前的稻茬田，牵牛拉石磙，在田里反复走，地压实了，伯父大声招呼帮忙的人，按稻茬田的纹理梭，土坯结实。

又是土地纹理，我有点上心了。我观察帮我家梭土坯的人，他们果然按着东西向走刀，再顺南北向使铲，一块块土坯从稻茬田里撬出，稻茬在土坯上安好，有的还泛着陈旧的青意。

我开始明白土地的纹理了，它的经纬在一行行稻棵间穿插，和绿色、生长紧紧绑在一起。而绿色和生长也得顺着土地的纹理，拧着，收获就会瘦弱。

高地种旱粮，凹地种水稻，就是顺应了土地的纹理。有几年村子里人，不知怎么发了疯，非得在高台地的大面积上栽水稻，缺水，提上的水保不住，可想而知，水稻变成旱稻，百分之百的颗粒无收。爷爷指着天发火，不按田地的纹路兴种，想吃刀子呀！刀子倒没吃上，人的肚子受苦了，好在大面积的枯草败叶里，长出了蓬蓬灰灰菜，救了肚子的急，万幸的没有饿死人。

按土地的纹理兴种，农人们都懂得，纹理是风水和地气。七八岁时奶奶领着我在祖坟他种南瓜，奶奶在逆水的坟地上挖南瓜兜，奶奶不是随意挖的，东一兜西一兜看似无序，实际讲究得很，何处生根，何处攀藤，何处坐果，有说法，之后的一切，都实现了奶奶的设定，奶奶看得清地的纹理，南瓜藤就是缘着土地纹理走动的。

看似神奇，对着植物的游藤，就能把地的纹理看得清清楚楚。

爷爷讨古时常说，老祖先是顺着地的纹理，从江西马家坝移民到现在的居住地的，一副担子，挑来了葳蕤的藤藤草草，成就了一个偌大的家族。我问过，老祖宗看得清地的纹理？爷爷回答，人如草藤，会攀呢。许多年后，我理解了爷爷的话，人同草木，一旦和土地结缘，就和草无二样，就会依附土地，亦步亦趋，将根向地的深处扎去，而能扎根的空白处，必然是在土地的纹理间。

我一直对拱动在土地里的蚯蚓充满敬意，它们上饮清露下食黄泉，在坚硬的泥巴里游刃有余，如鱼在水中，鸟翔天空，我以为蚯蚓最懂泥土的纹理，沿着这纹理行走，路就畅通无阻挡。

蚯蚓懂泥土，无疑是个合格的农人，它们会耕耘，会将泥土疏松了，让种子钻入土地，会引导着幼芽，按土地纹理的提示，破土而出，接收阳光和雨露的亲吻。我还以为，在幼苗破土时土地会疼的，如是妊娠纹，在土地上留下印迹。

许多年里，我认为自己将成为一个农人，我想尽千方百计解读土地的纹理，甚至趴在地上向蚯蚓讨教，但最终失败了，土地的纹理无处不在，我意会了，却永远解不开。

有一年我去沙漠，对着黄沙发愁，沙粒相互摩擦发出尖锐的声音，我捡起沙子，突然发现了它的纹理，那清晰的走向，保持硬度和各自独立。一盘散沙，就来自此了。我兀自想到故乡的泥土，它们紧紧地黏合在了一起，组成了整体的纹理。抱团而为，怎不绿色无边。

土地的纹理解不开，真的和我做不成农人无关了。

三

大雾天，我去了紫蓬山，群山在雾中，跃跃欲试的为仙。“不识庐山真面目，只缘身在此山中”，用在紫蓬山适宜，无疑是雾的原因。

雾是介于天空和大地间的纹理，也是水纹理的另一种表现。

家乡对大雾的形容有趣，叫作“雾气狼烟”，雾气常有，狼烟没见过，据说是烽火台上刮的烟云，狼的粪便和柴草一起点燃，就会产生乌黑的浓烟。“烽火戏诸侯”，烽火中就有狼烟的成分。

紫蓬山是大别山东向的余脉，逶迤地拖出长长的痕迹，或高或低，在这高低错落中，夹陈着一些墩子，墩子有历史，最早来自商周，而古墩就有烽火台，偶尔也会升起狼烟。

狼烟是苍老的，时而咳嗽，它和雾一样，也是一种纹理，只不过来自历史。

历史的纹理不好解读，“烽火戏诸侯”，取悦了美人，丧失了江山。一半是火焰，一半是海水，谁能解得透？

解不透的纹理依然存在，或许换了种形式，更加密仄。

水摊开身子为雾，要薄成什么样子才能成为雾，说不好，也就不去说。我一路打量紫蓬山的面目，小家碧玉般的山，成了披被丝纱的妆娘，薄雾为纹理，倒是让紫蓬山多了神秘和美丽。

山美还是雾美？就看角度和心情了。

要说雾美，还是江南的烟雨。江南的烟雨是由雾生成了，雾生雨，雨升雾，雾雨交葛，袅娜地飘在江南的山水间。

有一年三月，去江南，一过长江，烟雨就来了，和我扑个满怀，伸手抚摸，却又飘飘忽忽离去，手蕴湿意，却不见雾的身影。

看山，山在雾中无形，参天的树也是，雾流动，无形的山、树不停腾挪。

雾的纹理，此时模糊和温存的。山一张、树一匝、人一匹，结联在一起，又是一抹永结同心的阵式，为江南摆下了爱的陷阱。

“狼烟”般的雾，为季节打前站。识雾辨天，春雾雨，夏雾热，秋雾寒风，冬雾雪，准确得很。天气的规律，从雾中来，雾又成了季节的纹理。

农人种地看雾，如打卦算命的看人的掌纹，不是俗命，水有灵性，在空中飘就是灵气。

小时不喜欢雾天，雾有味道，我形容不好的味道，怪怪的令人不舒适，说给别人听，都摇头，说，你是狗鼻子呀，我们怎么闻不到。不过，我坚信雾有味道。如今我还是闻到，区别于花香草气水味，更别于霾，它是实实在在着的。

我以为这和纹理有关，雾是水的纹理、天空的纹理、历史的纹理，它会走动，在鼻息里弄出点动静正常。

烟雨中品江南，不就是常用鼻子吗？

雾还在江南的古村落里沉浸，它恋着青砖黛瓦和马头墙。古村落是有墨意的，中国画式的墨意，黑不是黑，黑是文眼，唐诗的眼，宋词的眼，明清小品的眼。透明的黑，和江南烟云雾气暗合。

我曾推开一扇江南古村落孑然的门户，雾一齐涌入，围着一幅老画萦绕，若即若离，似是老画的皮肤。老宅有意，烟雾含情，确如是一幅家画的组成部分。

走出古村，远远望去，无根的炊烟和雾霭结合，截然的曼妙，心中一惊，这雾竟是乡愁的丝巾，越抹眼中泪越多，泪珠恰结在雾原生的纹理上。

江南烟雾，故乡的树梢、草尖上何其多。

去紫蓬山就奔雾去的，“雾气狼烟”很好，雾锁山门很好，不识紫蓬本面目很好。多一层雾气，山不就高一段、胖一层？

进山雾愈浓，没想折枝为拐，拐雾着，杖拐山道，道也雾，山草着雾，又成了山千结百绕的纹理。

心兀自静下，所有的喧嚣不见了，尘世和我何干，名利和我何干，笔无处着墨和我何干？你有你的大天地，我有我的小空间。扯山雾为裳，做个山人真好。山道悠悠，通往高处……

我又看到一幕，一只叫天子被我惊吓，一串鸣叫破雾冲天，雾般的纹理挂在叫天子的歌喉上。

四

钻树林，朋友闹了一场有趣的事。秋林多浆果，彤红的浆果坠在他白色的衣领上，打了个红色的印记，老婆不饶，非说是吻痕。任凭朋友使出浑身解数说明，还是解释不通。

浆果的印记纹理清朗，实在是像吻痕，樱桃小口，暗合得很。朋友被闹得下不了场，忙请我去解救，我出了个主意，让朋友的老婆闻下衣领。朋友的老婆释然了，果然是浆果味道。

一场浆果闯下的绯闻就此了结，留下的是数落好久的话题。

浆果留下的纹理如是唇的亲吻，倒可以联想和生发。果实肯定是爱的结晶，草木有心，往往在花开时体现。花是世界上最美的事物，不喜欢花的人几乎没有。花透明，她们的体香透明，随之而来的花的纹理也透明，发自心底的喜欢当然也是透明的。

对着灯火细细观察过一朵花的纹理，纹理如是一条条小路，姗姗的向远方游去，路明了，甚至能看到芬芳的气味，在小路上行走。我看过蜜蜂为一朵花争斗，它们把喙伸进花蕊里相互纠缠，花粉喧嚣，而花的纹理不乱，就若是小路小径上脚步纷扰，路就是路，镇定地向既定的目标前进。

纹理有思想，有质感，而又是俗命的。就说唇吧，唇的纹理细致，它传达爱和美丽，唇红齿白，那是美丽，轻轻的吻，却将爱物化了。

初恋的吻是圣洁的，将吻的纹理献给最爱的人，一定是梦的情节。

眼睛也是有纹理的，目光打动人，往往是纹理在传送。目光从眼睛里流出，实际上流出的轻柔有重量，这种重量带着感情，会刻在目示的一切里，成为铭记。

喜悦、悲哀、期艾、愤怒、平和、爱怜，目光说出的话，如文字的书写，抒情或者凝重，都可以传为永远。

眼睛的纹理会变，它是感情的表达。有一个好友，他一辈子守着一双眼睛生活，他说这眼睛是一本大书，百读不厌。好友是平和的，他走得稳、立得正，在平和中把生命的一笔一画写得周周全全。朋友也担心，如若这双眼睛熄灭了，还有没有能点亮他的灯火。

还真的出了事，朋友守着眼睛，在某个早晨化为了一阵风吹去。朋友从悲伤中走出时，已经是满头白发。我去看他，他的斗室里挂满了照片，每张照片突出的是目光。喜怒哀乐，这些目光层次分明，不同的角度有不同的内容。目光活着，目光的纹理波漪般逸动。朋友沉浸其中，仍是一条鲜活的鱼。

我留意世间的纹理，一次去一旅游胜地，碰到一个银发银须的老人，专事为人看手相，男左女右，看的是人手掌的纹理。什么生命线、爱情线、财富线，说得头头是道。我当然不相信，如果能从手的纹理中看出人生的走向，老人为何不为自己指条路，何必在山风中赚取骗人的钱？

世上没有两片相同的树叶，对于手的纹理也是一样的。我注意过，人的掌纹千姿百态，清晰或者紊乱，都是由血肉组成，是人体的组成部分，不可或缺地刻在生命的内核里。一次手掌受了伤，以为伤口愈合后，手掌的纹理会发生变化。事实是纹理还是过去的纹理，只是随皮肤的变化，旧的纹理换了新装。

这几天阴雨绵绵，尽管是春天，依然寒意不减，想到了雨的纹理。我走向阳台，将手伸出去，接了一粒又一粒水，春雨在我掌心聚集，

淹没了我的掌纹。纹理被春雨滋润，它会长出青青草吗？我竟有了些诗情——

这将跟随我一辈子的纹理，会记下我生命的整个过程。

彻彻底底地暴露在纹理的面前，不藏不掖，没有隐私，我能坦荡吗？

五

我六岁时的一个早晨，被邻家放树的拉锯声吵醒。锯子咬进树木中，彼此摩擦，声音滞涩昏暗，让我难以忍受，我匆匆下床，飞也似跑到邻家。

所放的是一棵两个成人合抱的楝树，春天来了，树的枝头已爆满了绿芽。拉锯人甩去了外套，还是汗流不止，头上淡淡的冒着热气。

放树是技术活，拉锯的人要协调、使力均匀，否则锯条拉断，树还会好好站立着。

从边上人的窃窃私语里，我大概听出了放树的缘由。邻家的二爷病重，怕是不久人世了，放倒老楝树，为他做老家（棺材）呢。我的心为之一沉，尽管很小，还是有生和死概念的。

树是老树，粗、壮、高，在一个村子里算是第一。不过，楝树是苦树，一身的苦，全须全尾的苦，对放倒它，我并不感到可惜，若是换上枣树之类，或许心会软一下。唯让人牵挂的是树上的喜鹊巢，树一倒巢就毁了，忙了一冬的花喜鹊会住到何处？一对花喜鹊倒是冷静，它们立在一边树上的枝头，静静地看着，似乎即将毁掉的家，和它们无关。

老楝树訇然倒下，激起了一阵阵春尘，锯子的切口整齐，白白的茬子相互映衬。令我吃惊的是树的年轮，一圈又一圈的清晰。六岁还是不识算的年龄，只听到有大人数，他们要验证什么似的，最终得出结论，树的年轮一百二十圈，树有一百二十岁。

邻家二爷七十三，树比二爷大四十多岁。二爷老，树更老，老楝如若不放了，还不知要活多少年。

老楝的年轮组建了树的纹理。楝树的树纹美丽好看，细致的，如是一层云絮，加之木质油红，是难得的好材质。

我结婚时，奶奶还健在，她做主放了家院子中的一棵楝树，请木匠为我打了张二十四卯朝天的四方桌，仅用清漆一抹，树的纹理清清朗朗，摊开了就是天空的云图，又像是一卷抽象的淡墨画。奶奶说，可以传代。楝树苦，苦苦的身子不生虫、不朽变。这桌子，我用了很多年，时常为楝树的纹理入迷，纹理实际上是剖开的年轮，每一个年轮中都应包容了岁月的酸甜苦辣。

邻家的二爷是在放倒老楝树的秋天去世的，应验了乡村俗语“七十三、八十四，阎王不请自己去”，哭哭泣泣地打发，也没见多少悲伤。老人们有羡慕的，说是二爷住上了好老屋，睡上了好“材”。也有不以为然的，说是二爷苦了一辈子，还是被苦包封了。

我以为我就是从这时开始记事，二爷被一棵老楝带走了，一走不再回返，阴阳两界了，叫作“宁隔千里路，不隔一层板”。那天，我对棺木上明朗的纹理记忆深刻，小波小浪样缀在棺木的六面，有一股升腾的力量，说是二爷被棺木带走，还不如说是被老楝的纹理抬走的。

人和树木同理，人生一世，草木一秋，只不过人比草木生命短，死了再难复生。树的纹理在年轮中生成，人何尝又不是。

如果说纹理，树的纹理最为直观，它是以生存和年龄来刻画的。岁月侵蚀，树默默忍受，烙在皮肤上，再刻进心里。树是世界上最为耐得住寂寞的孤独者，它们立住了，就钉子样钉下了，不走动不招摇，甚至一年年形成的年轮也不交葛。猛兽都是孤独者，乌合之众才爱喧嚣。树是猛兽，它的内涵用纹理来记录。记录得明明白白。

人也是有纹理的，肉体的纹理在身体的各个部位，思想的纹理摸不着，但如是个写作者，往往会在文字中呈现，明快或者晦涩，藏是藏不住的，阳光是阳光者的通行证，阴暗绝不能用阳光作墓志铭。

读过管子，他说：“一年之计，莫如树谷；十年之计，莫如树木；终身之计，莫如树人。一树一获者，谷也；一树十获者，木也；一树百获者，人也。”树为栽培，而栽培过程中生长的痕迹，就是深刻的纹理了。小时，看木匠使刨子，刨花飞溅，薄薄的刨花透明，纹理还是栩栩如生的。晚上在阳台上，抬头看天，难得的一个春天的星空，偶见大雁南飞，呈V字状，大雁欢言地飞翔，大雁奔温暖而来，可谓雁过留声，声是纹理，而人过留名，也是形神俱备的纹理。

星空下，一棵老树兀立，树来自深山，我揣测它的年轮，铺展开它的纹理，心莫名的戚薇着：山中的年轮和城市的年轮可能合拍，山气和城市之气能否合作为如云如绵的纹理？

抬头，南飞的雁变换了方阵，鸣叫声没变，那是对春天的欢呼。

六

沐春风，被有形和无形的纹理包围住了。纹理如同硬壳，将我笼统在小小的空间中。

“纹 ”字最早来自龟壳，线条分明，它是壳的表层，有着疼和苦的隐忍。

而“理”可以更加古老，它存在于所有的心跳里，虚实结合，诉说或者沉淀，低调地成为学问。

我无意打开纹和理，反而想着把它们紧密地结合在一起，永远的不分开。我在水的纹理里感叹时光的流逝，在土地的纹理中领略耕种的艰辛，在树的纹理间惦念岁月的沉重，又在手的纹理边发现左右不同的分工……纹理有路，每条路都通向神秘的终点。

一些年迷恋丝绸的美丽和轻柔，对它所展示的风采五体投地。丝绸如云，而这云是可以用来抚摸，甚至是可以撕裂的，裂帛之音由天而成，竟也十分的动听。

丝绸为纹理，密集的纹路，通向何方？

我急于求解，走进了养蚕基地。蚕乃天虫，在桑叶上寻觅生活，当大千的绿揣进胸怀，纤微的丝便从嘴中吐出。“春蚕到死丝方尽”，丝的纹理结茧，网住了欲飞欲翔的热望。破茧的蛾将扑火，直面光明的念头，是在封闭的纹理里铸成的。

当纹理用丝绸的面目出现，飞蛾的翅膀早化为灰烬。纹理活着，天虫的身影就死不了，桑叶就明晃晃地绿着。

一抹方巾在秋风中拂扬，那是一景，我的眼中，这景是蚕的，是桑的，是精神和物化了的纹理。

早年读《老子》，对“道法自然”不甚了了，倒是到了如今的岁月，有了新的理解。纹理是大自然留给时间的记忆，留下了，就不会轻易地消亡。石化了的三叶虫，在山石中静卧，一任风月磨砺，还是让人折腰兴叹。

故土多圩堡，它来自于百年前的淮军将领。金戈铁马后的硬汉，总有柔和的时候，他们大兴土木，在故乡的土地上留下了传奇的标点。如仅仅如此，真的无味。由此上溯到商周，古人们就有杰作，他们留下“坞”，之后又有“墩”的遗存。“坞”“墩”“圩堡”一脉相承，都是人类居住所在，将一统生活封闭起来。历史的纹理一贯连通，撕裂了，还会生臂，紧紧地挽将起来。

我常在静静的空灵里，小心地在淮军圩堡的遗存里伸出双手，感受阳光的古老，撕一块圩堡的太息敷在目光上，一切都既浑浊又透明，一方纹理无边，我无法摆脱。

因无法摆脱，我感到幸运，如若没有历史的纹理网罗，又怎能明白和清醒?

由“道法自然”，生长出物化了和虚拟了的纹理。由“以史为镜”触发了比较和确切的纹理。也正是这些纹理，构筑成了生活和生命中的真实……

春花盛开，每朵花都是一阙小令。

梅花报春，还久久于枝头，她留恋春枝，让蜜蜂痴狂，她芬芳的眸子流连，似在等待自己的最爱。

木兰求证，无叶而花，在一段时日里，用花当叶，用花盛装阳光，把阳光当酒来饮，一旦醉了，叶就葳蕤了。

海棠垂丝，红花和枝杆保持距离，距离产生美好，如是一对恋人，鸿雁传书，往往递达比拥抱更具诗意。

举例一二，花的小令，也正是春天纹理的一部分，她们是大自然最真实的表达。纹理随风漾动，春光明媚。

沐春风，莫如说是在春的纹理里沉落。我沉落，沉落得氤氲自在。

是夜写小文《纹理》，拾取汉字，我又在文字的经纬里，陷于密仄的纹理。

习惯种植

几个朋友相聚，说着说着就说到农村，说到农家事，都是农家人，刚刚洗尽腿杆上泥，爬上田坎的，根还扎在自家的一亩三分黄土地里呢。对乡村有感情，对土地留恋，是不用怀疑的。不知谁说了句，现在想找块地栽下一棵树都难了。

一时间竟都无话可说了。果然是这样，生活在市声里，城越建越大，楼密集高耸，有房却不拥有土地，何处能栽下一棵属于自己的树？

树是土地的宠儿，也是土地上最具性灵的植物，老槐树做媒，古皂角树显灵，是神话和传说，也是人对大自然的寄托。似乎在农村每人都有自己的树，六七岁时，爷爷指着一棵沙槐树说：这沙槐树是大孙子的。我中意的是门前的枣树，不大，却年年挂果。爷爷不理我，年年春天都为沙槐树挂红，祈愿沙槐尽快成材。

实际上一些年里，爷爷每个春天都要带着我栽树，树死树活，我和爷爷一直郑重，怀揣神圣。神圣来自脚下的土地，土地生长生命，树是生命中最为澎湃的，还有比树生存更长的？

有一年我从省城走亲戚，鬼使神差地捡了棵不足五寸长的树苗，捏在手里，走了近二十华里带了回来。爷爷一口咬定，是桂花树。爷爷二话没说，在自家的土地上栽下了它。桂花树活棵了，或许故土发旺桂树，没几年桂花树就超过了我的头，秋天里喷出花香。爷爷没过几年去世了，但桂花树却一年比一年旺盛，筛下无尽的花香。

爷爷也是做过同类事的，六十多岁时爷爷被评为省劳动模范，他除了带回一张省长签发的奖状外，还带回了一根月季枝。爷爷调侃说是从饭店的花坛里偷偷剪的。扦插下的月季当年就开花了，花有小碗口大，美得香得超过了乡村所有的花朵。之后这月季就在村子里传递，家家户户有月季，让我的乡村红红火火很长很长时间。爷爷偷来的月季，在乡村大张旗鼓地开放，热着一方敦厚的土。

我的沙槐树在爷爷去世二十多年后，被伯父放倒了，为我做了书桌，同时被砍伐的还有我中意过的枣树，枣树生虫，海碗口的枣树早让虫蛀空了。沙槐树书桌笨拙，却有说不出的质感，一直跟随着我。有一次夜读，我伏在书桌上睡着了，梦中书桌发叶，一地的沙槐花香，让我的梦特别的亮堂。醒来我理解了爷爷，沙槐是要跟着我一辈子的，它该是我的树。

一些年，我不理解乡亲们对土地的珍惜，一分一毫的地都要种上庄稼，连田埂也不放过，拖锹就轧上豆子、高粱之类，不问收获，但问耕耘。我心中有疑问，乡村是土做的，能耕种过来？不过，连绵的土地，又何曾芜过一块。

我小时和奶奶在一起时间多，她围着大大的围裙，围裙的口袋里总住着一些时令的种子，时不时就要在空着的边角地头种上一把，人不闲地不闲，自然收获也就不闲着。

似乎村里人都和奶奶一样，种植是他们的习惯。记得伯父为在闲地种植和奶奶吵了一架，奶奶在一闲着不过筛子大的地轧了豆子，伯父不知，又在地里面点了高粱。奶奶骂伯父不长眼，看不到豆子正在鼓芽？好在豆子是豆子，高粱是高粱，相互谦让，各自表达对土地的热爱，算是皆大欢喜。

伯父说手闲贱，看不得光秃秃的地。奶奶看着红彤彤的高粱穗和摇铃的豆荚，笑得眼睛眯成了一条缝，岂止是地没闲着。

一个诗人说过，每个人一生下来，就携带着一块地。这地有形或无形，有形的可种植，无形的在心中，也能耕耘。

我念叨着这块地，在之中耕种，有时种树，有时栽秧，有时把自己点进去，不闲着就好，不闲着就有收获。由此，多出了几份释然。

今晚，我想种一棵树，面朝家乡花开灿烂。

与静为邻

似乎一世界的静，都装在了这楼里，撕上一块，足以堵住所有一年中，磕磕绊绊的创伤。还在年里，初四值班，也只是形式，可独自做出最不堪姿态，没有目光的关注，自我不丑。

泡上一杯茶，轻抿一口，想到周作人先生的一段话：喝茶当于瓦屋纸窗之下，清泉绿茶，用素雅的陶瓷茶具，同二三人共饮，得半日之闲，可抵十年的尘梦。先生喝的是心情，是品味。

我独自在喝，茶是上好绿茶，水却不是清泉，一股漂白粉味。如今清水稀少，浊水拥茶，也能带出好的滋味。况且我尚有草木之心，多少可品出些况味。茶亦喜静，茶草在幽谷里，和鸟鸣、流水相生做伴，甚至长于绝境，人迹罕见，得用训练有素的猴子才能采撷得到。茶的骨子里藏着静谧，品它是需要静的心态的。空无他人且极静的办公室，算是合适的场所之一。

瓦屋纸窗，肯定是二十世纪的事，找它们已然很难，办公室居于高楼，窗明几净，阳光突突的扑进来，风也有力，吹得玻璃微微作响，如是纸窗，恐怕早被吹破了。几株绿植差强人意地绿，它们甘于寂寥，把静心当作一件事在做，做得循规蹈矩。在这般气氛之中，读书或者写作，最适宜不过了。好文章实际上也是茶，淡淡的香，咬在牙关间，一时舍不得吞咽，入喉后仍是余香袅娜。常和文字玩，文字也带我完，汉字规整，横平竖直，方方正正，组合起来，就是清流，可滞留可倾泻，无边无际得很。静茶佐文章，自是静上加静。

半日之闲，今终是有的。春节味重，总是喧腾，吉利祝福话说了一箩筐，酒也喝得闹心，有个静处，真还求之不得。我本是喜欢静的人，羞涩的一面，多于欢颜，何况欢颜的事不多，强作欢颜，和自己的入静出静不相对称。静入心，如好茶入喉，汩汩里就有花开，花开在心，就不败落。明代时王阳明友人指山间一朵花问：你说天下万物都在人心，这花自开自落，与我何关？王阳明回答道：未看此花时，此花与汝心同归于寂。来看此花时，则此花颜色明白，便知此花不在汝心外。花开花落，都在静处，只有明白了的颜色记在心中。

能否抵十年的尘梦，不敢去说，但梳理下自己的心绪，还是有说道的。喝上一口开怀的绿茶，舌尖有苦涩的存在，唯静中，苦涩味真实。世间的滋味都配置好了，绝非一甜到底，或一味的苦。有位作家说，味觉和伦理学有很大关系。沈从文最大的喜爱，是挎着篮子买菜，他在配置自己的滋味，算是会生活的人。我还是以为，唯在静中，品味的才真实，舌尘没有纷扰，自十二分敏感。我是素食为主的人，最喜欢青椒炒干丝，椒微辣，且是薄皮的，豆干要压实的，都切成丝状，素油急火炒，颜值高，青丝亮杆，吃和看都爽朗。无肉食困顿，唯有自然。此番作为，实在品味文化，在心的静悄里，完成对味觉复杂度，文化沧桑感的认识。静调度味觉，配置伦理。喝茶而已，静在起作用。

周作人先生继续说：喝茶之后，再去继续修各人的胜业，无论为名为利，都无不可，但偶然的片刻优游乃正亦断不可少。对周作人的为人，我不认可，他不如大先生鲁迅，但他文章的精当曼妙，我喜欢。

他所邀的二三人同饮，更不是我追索的。于静心处饮茶，我一直乐此不疲，我猜度不了周作人先生饮茶心态，但茶文化中，寻找自我存在肯定与他有关。小静或大静后动若脱兔，又是一种境界。“风尘小憩农夫舍，索得浓茶作胆尝。”一种动而后静的修炼，早不在舌尖上了。

静在漫延，它早不是一根独藤，而是千万条茁壮的绿色藤，向四面八方铺开，静得天昏地暗。我于斗室，抖落心中的浮尘，再泡上一杯茶，茶草稀疏，杯透明，一些枯萎的叶长满了目光，春竟在杯盏中长成。

好静好静，与静为邻，静生春天。

栅　栏

微妙是个好词，也是好状态。下午不知为什么就想到这词，实在微妙。许多年里我都在为自己插建栅栏，并且隔三岔五地修补，试图把自己囚禁起来，让心有个存放的地方。栅栏越建越密，如今仅是目光可以透进。我采用的栅栏材料是横平竖直的汉字，拾掇组合就高得连鸟也飞不过了。在这栅栏里，我有驰骋的大世界，读或写都足以让我的心平静。

对栅栏我不陌生，童年时生活在乡村，左邻右舍谁家无栅栏？栅栏的材料五花八门，但其目标是明确的，关一块绿地，种菜种瓜种豆，防鸡防鸭防鹅，鸡鸭鹅是见不得青的家伙，有了栅栏，也就拦住了它们的侵扰。

我家也是有栅栏的，且这栅栏是绿色的，用枸角刺围拢而成。枸角刺全身生长长的刺，春发芽秋落叶，白花绿果，和橘相近，有生在江南为橘，长于江北为枳的说法。实际上枸角刺学名叫香圆，果子成熟了香，和橘有一拼。我记事时，这栅栏就长得周正，密密的高过我的人头。枸角刺栅栏随季节、地力，与栅栏里的菜瓜果一起长，即使是冬天，地也不会闲，雪里的白菜仍绿得可人。落叶枸角刺的枝丫是绿的，青绿青绿，连刺也绿，倒是让寒风柔和了不少，栅栏围住的一领地因之有了温度。

枸角刺栅栏位于我家场地的下沿，按奶奶的说法，屁股大的地，不过没了牲口的光顾，之中的生长由衷的葳蕤，算是种瓜得瓜种豆得豆了。枸角刺卑微，却是肯长的，一旦栽下便毫无怨言地生长，主要是刺密密仄仄的，刺得风疼，自然鸡鸭鹅们也只能望绿兴叹了。尽管农活忙，但就在门前，奶奶和妈妈顺带着打理，其中的生长也没见比田地里差。

栅栏防牲口，是不防人的。菜蔬兴得好，常被人顺手牵去一二，奶奶和妈妈生气，也只是一小会的事，谁家没个急的时候呢？奶奶和妈妈善解人意，最多闲着时把枸角刺补密些，也知道无济于事，找个心理平衡。一年栅栏里的萝卜长得好，白生生的露出半个腰身，可是连续好几天都会被拔出三五个，这就有点过分了。奶奶决计逮小偷，她关了灯，躲在月亮的阴影里，半夜时分小偷来了，蹑手蹑脚走进栅栏里。奶奶本要大喊一声，却又把喊声噎在嗓子里。小偷是白天来村子里讨饭的，女人，一人拖着两个孩子。再到晚上，奶奶把栅栏门敞开了，把狗也紧关在家中。

多栽花，少栽刺，枸角刺栅栏是花也是刺，不多不少地封闭了一些风情，和或多或少的道理。乡村有自己的哲理，栅栏无声无息，却关住又放出了碎散的走动。大雪封门的一年，枸角刺栅栏里仍余春光，天寒地冻，栅栏里如是温暖的陷阱，一只灰兔撞进了。灰兔竟把栅栏当成了自己的家，其结果可想而知，生生地被逮住了。栅栏的领地，可闯入，但要能寻到走出的路线。狡兔三窟，因诱惑陷落。

栅栏如境，走进安宁，走出欢畅，我不止一次受到启示。

下午几个朋友相约，要我出去一聚，心是动的，但栅栏起了作用，还是把我拦在了家中。一杯茶、一本书，足以让我享受。如今是信息爆炸年代，对时间的分配显得尤为重要，碎片化的时间，如何使用真的成了问题。我找到了自己栅栏的材料，把栅栏一次次地植密，栅栏坚固，囚禁的约束就加大了。朋友们还是懂我的，他们是调侃也是真话：隔着栅栏看你，也精彩。这还真有点笼内鸟和鸟外鸟的味道，不过，鸟笼有盖，安放心的栅栏是无穹顶的。

为心组建栅栏，莫让心走失，很是微妙。我枯坐书桌前，文字一粒粒的袭来，我想到若干年前，我家门前的枸角刺栅栏，绿篱萋萋，那是生命力的彰显，尖刺凛凛，是对诱惑的一再拒绝。我突然又想到，枸角刺初春的嫩叶，采下汆水晒干，蒸五花肉是难得的佳肴。栅栏的另一面，也很微妙。

种子的秘密

一直试图解破种子的秘密，当然，我不是植物学家，谈不上真正意义的破解，只不过关心种子从枝头落下，再到挂上枝头的过程。

这似乎是个农人的心态，但我实在希望做怀有这样心态的农人。

六七岁时，我最爱做的一件事，是秋天趴在田埂上，揪着一穗黄而没熟的稻子，一粒一粒地数，自然是数不过来。那时我的识数能力，仅是一双手，十个指头的概念，超过十，我感到就是很多很多了。数不过来，我还是数，非得把自己数睡着了，手心里捏着三五粒稻子，进入梦乡。

不仅仅是稻子，大凡是种子，我都怀着一种迫切的心情，想着拆解开，探求它的数量和质地。我和狗尾巴草较过真，它的种子太小，密集地窝在一起，数清还真不容易。但我明确地知道，一穗狗尾巴草的种子，明显比一穗稻子的籽粒多。我不停地幻想，如果稻子和狗尾巴草一样结种，那该多好。

肚子饿，想法多，我很小就懂这道理。没想法，不动脑子，非饿死不可。不过，我的想法太过天真，和吃饱肚子无关。

数种子的好处，在我上学读书时体现出来，同班的小伙伴，还在为数数掰手指、扒脚趾为难中，我已经一五一十，将过百的数字溜得透熟。老师表扬，我脖子一扭，大声叫，我能数清一穗稻子的颗粒。

开始知道把一粒粒种子埋进地里，我已下决心做个农人。最早种的是黄豆，我对一粒粒饱满的豆子有好感。豆子种在场地的下沿，为避免鸡掏猪拱，我找来杂树乱枝，扎下我臆想中的篱笆。面对一块小小的园地，我击掌而唱：下吧，下吧，下吧，我要种瓜，种瓜得瓜，种豆得豆。不成调，但真的如农人，渴望风调雨顺，在下种时，有一场透雨。

我等不及豆苗破土，隔天就要扒开土壤，察开睡着的豆子可醒了，有时一天数次，生怕碰上了一把铁豆子（没有胚芽）。终于豆子发芽，顶开头上的土层，绿油地盖满园地。之后的日子，基本是靠天收，豆子没有辜负我，苗壮花繁，到了秋天，竟收获了大捧大捧黄澄澄的果实。

种瓜得瓜，种豆得豆。种子实诚，连乳毛未干的孩子也不欺骗。

我还干过一件事，在上学的路上，发现了一枝超大的稻穗，以我的识数能力，我数了一遍又一遍，足有三百粒。我悄悄作了记号，在稻子成熟，弯下腰身时，我采下了它，交给了我的爷爷。爷爷高兴，把它命名为千粒稻，来年春天作种下秧，一年又一年，竟培养出了丰收的景象。如果说对故乡贡献，这真的可算上一桩。

种子是乡村的命根子，一旦根扎下了，乡村的命才能保得住、活得好。我热衷于一粒粒种子，对其中包含的密码，有着深深的渴求。那些年，我几乎试着解剖过碰到的所有种子，一一撬开它们坚硬或柔软的外壳，它们是那么的平凡，却又具备勃发的力量。

我没有做成农人，离开了乡土，但心中怀有的探求种子秘密的热望，一天也没有减少。但这种探密，早不是种子的本身，它有了更为广泛的意义。人也是种子，自己种下或者被人种下，都得想着法子破土，如若不然，会被憋死在封土里，种子的发芽抽绿，从来没有十成。

种子从枝头落下，再挂上枝头，过程漫长，但最重要的一步是破土，对种子有多少眼睛在盯着，虫、鼠、鸟，甚至泥土，种子腐烂，泥土增加肥力，活性也随之足了。是种子就要发芽，人更要如此。

家有文竹，少有的结了种子，看着它一天天长大，一天天成熟，我的心怦怦跳，它将有着怎样的秘密？我把收获的文竹种子，种进了花盆里，半月过去，细细的绿苗从泥土中飘出……

种子原是没有秘密的呀，破土而出，就是一个劲地生长。

走藤拉秧

独自值班，想到走藤拉秧一词，心中不免有些繁杂，似乎藤藤秧秧都在眼前，拉扯着我非得扯出点结果来。顺藤摸瓜，也合我的心思。

在乡村生活久了，对一些事情不以为然。比如不经意间丢下的一两粒南瓜、冬瓜、黄瓜的种子，有土壤、有雨露，加上三两场软软和和的太阳，种子发芽，然后就顺着绿的顺序，鹅黄浅绿青绿深绿墨绿，拉藤走蔓，一路葳蕤，一路开花结果。

实际上走藤拉秧，真的不是件容易的事，对于植物就是漫长的一生，春夏秋冬，所经历的周折，如果南瓜冬瓜黄瓜们有语言，也是可以做出大篇文章的。水涝、干旱、病虫，它们没有一双手对抗，没有一双脚逃离，只能固守在原地，最多将藤蔓鞭子样在大地上扬起，不过也是高高举起轻轻放下。

小时，我不止一次捉过黄蝇，这若萤火虫的家伙，长相俊俏，却专门和瓜类过不去，粘上嫩绿的瓜叶，就一定要将叶片啃成网状，藤蔓疼痛，连动得花谢果落，而黄蝇是成群结队的，何况还会飞翔，岂是我能捉尽的？仅此一例，藤蔓就难以风流。

苦藤结苦瓜，藤苦瓜苦。苦苦的瓜，最不被待见了。不过苦瓜是另回事，人们就是奔苦而去的。

我种过瓠子，瓠子的藤蔓优雅，浅绿中透着文静，如唯美的抒情散文。瓠瓜好吃，清淡中有着甜甜的回味。但苦苦的瓠子也是常碰到，星点的苦、深滋味的苦，让人难以去承受。

苦藤结苦瓜，瓠子藤蔓苦吗？苦了的藤蔓是被践踏的结界。我的奶奶不止一次警告过我，瓠子的藤蔓踩不得，踩上一脚，整个藤子上结下的瓠子都是苦的。或许这是藤蔓的反抗、自我保护的举动。对此我明白，已经是许多年后的事了。

藤痛果苦，瓠子的苦是藤秧被践踏，派生的滋味。

在乡村走藤拉秧的植物多，打破碗花是其中之一。乡村的碗精贵，打碎了，要用青青草来承接，草走藤，破碎的碗结而为花，件在了它的秧蔓上。花淡紫，喇叭状，有青花瓷味，冷艳却不失温度。

打破碗花走蔓丘陵旱地，纤细的藤蜿蜒曲折，一边棉花、一边豆，它在了之间，低低举着盛满风尘的花朵，低于尘埃，却装尽了人间的声响。

乡村的饭碗，长在植物枝条藤蔓上哦，比如一根山芋藤，它的蔓下，结满了果腹的沉实。

俗世的藤秧不长在泥土上，它们拉拉扯扯，比目光还密集。乡村有句话，从小看秧子，秧子不正，肯定不成才。秧子正了，还得看生长的环境，偶尔被踩上一脚，也会如瓠子，结下苦苦的果子。世事难料，俗世的走藤拉秧，谁也免不了被踩……

办公室很静，我为自己的走藤拉蔓走神，也为自己的淡淡乡愁氤氲了心跳。眼前就有一株攀缘的植物，她青翠婀娜，对着深冬的窗户，一丝丝吸收从雾霾中传送来的阳光，在我的眼睛里游弋。太静，我竟看到、听到了她行进的动作。春天走远，她驻扎下了，就为绿着？

我猛然想到前几天晚上，和一著名作家聊天，说到中国画的留白和大小文章的留空，无白无思想，无空无想象。实际上乡村种瓜，不就留下大块空地，让瓜的藤蔓自如，再结下斗大果实。

藤走虚，瓜坐实，是乡村的画和文章。眼前的攀缘植物有大块的空地，她自可走藤拉秧。我呢？心一沉。好静，静得藤秧舒展。

第二辑

自然叙事

巢湖初春

二月里，巢湖岸畔的春天是私密的。无风三尺浪的湖水，婉约地和堤岸叫板，一股青青的绿，已开始和水声慢调细语的对话。阳光、湖水、幼绿，是此刻巢湖岸畔的三原色，谁强谁弱都不重要，它们互为补充，将刚刚露脸的春天，浸染在水汁淋漓里。

大块的时间佐之以美好的阳光，我孑然地走入春潮初涌的湖声里，惬意得让人战栗叹息。湖水清澈，一个冬天澄净了季节的喧嚣，鱼和鸟的浅翔沉入了湖底。因了湖水的吸引，越过滩涂，泊于水中的细柳，还沉浸在过往的拂扬里，柳芽细小，点点滴滴映在水中，和碧碧的水粒没有多少区别。水清照人，仍难照见目光的牵扯磕绊，那是一朵雪白的云投入的缘故，将我拉入了朦胧的韵律里。

巢湖私密的春很是神奇，一丝一缕都能让我步入对细节的钩沉。

苇子立于堤岸和湖水的交汇处，算得上是水域和陆地的接合部。春风叹喟，苇子爽爽作响，这响声是枯旧的，也是新生的，无法区分的纠结，倒是成就了初春的另一种景色 。不过不是所有的景色，都是眼睛能看得到的，春吹苇动，是得屏住呼吸，用心用耳去听的。苇子在春的摇摆里，已然醒了很久很久，小小的大眼鱼，围住了它们晃动，余下的小波小漪，将湖水中最早的爱恋，进行得惊心动魄。大眼鱼眼大聚光，它们看到了苇在水底泛青，不久的日子，一湖的绿就会泛滥无边。

乱花迷眼的日子还没随水泊来，巢湖岸畔的植物处于寂静中。枯草涂抹阳光，呈金黄的色泽，岸边的草原起伏于地势的跌宕，孩子们欢快，从高处滑下，阳光追逐他们的笑声，洒下的快乐，在草棵间盛开，如花如朵时时喷散出香味。我低下身子，本想和熟悉的草本们打声招呼，但草们陷在阳光的思绪里，懒得和我这散淡的人多言语。我的目光它们管不住，蘸一汪湖水，再去打量，草根处绿在闪眸，竟和我对视，那么多的细腻柔和，反让我无语适从。

一羽鸽哨吹送出风雅，湖边不多的声音令人寻味。堤岸分隔出了两重世界，圩田里麦苗由风腾跳密语，一波波地向湖中运来，青衣青裤的麦地，如窈窕美女秀展身姿，薄薄的春衣，尽显青春的活力，好生的美丽。麦地的春似乎比湖水来得早些。鸽子就在湖畔盘旋，它们的翅膀有着水的印迹，一头扎进青翠的麦棵间，麦子陡然拔节。我自问自答于心，这私家的春，来自何方？是湖水运来的，还是麦苗顶戴着的？应是二者兼而有之。眼前的春让我圆滑。

还是有花的，一丛蒲公英花朵如杯盏，静静的盛满了阳光。它们依湖而生，落于草丛中，陷在飞沫打湿的石缝间，开得淡然而又文静。它们该是巢湖初春私密的耳朵吧，倾听浪声，倾听春的耳语，之后还要倾听我和众多的目光。实际上花的杯盏里并不曾宁静片刻，每朵花里都守卫着一两颗米粒大般大小的草蜂，它们工于心计寸步不离，像时刻耕耘土地的农人。这是它们花园般美好的领地，岂容他人染指。湖畔春的私密又一次呈现，初春的夜寒冷，米粒般的野蜂归于何处，难道还有春的巢穴，供小小的生灵安然品月？

独自于湖畔，流连于湖畔，只为一次交会的凝视，只为一次深情的懂得，只为说上一声还爱着。二月天的巢湖我来了，来得匆忙忖时，走得突兀无助，但仍留下了挥之不去的惦念。今次的巢湖之春是我的，谁也抢夺不去，因为我探知了湖畔之春的私密。

池州记：烟雨

江南的烟雨总是好的，池州蒙蒙烟雨尤好。

下午秋雨绵绵，池州升腾茫茫烟雾，但骨子里还是烟雨。我以为烟雨是为江南独造的，用在其他区域都不合适。烟雨的主体是韵味，是山和水孕育的记忆，捧在手心为水，捻在指间是雾，迷在眼里就是诗和画了，要用来表达，还是散文。形散神不散，江南的烟雨，池州的烟雨。

去九华山天池，一路烟雨。见山烟雨浓，浓得化解不开。池州的山用雨用雾包装恰好，别的物件去妆容，亏了这些山。同行的小说家陈斌先对我说，皖西的山冷峻，原因是岚气中缺少烟雨。大以为然，烟雨抬升了池州山，也扮美了一个个山峦。山不高，似是烟雨浮起的，这多好，山石沉重，烟雨之气尚能浮起。

进峡谷，雨声四起，难得有这般情状。持伞难行，树和竹总是磕磕绊绊，当然还有山岚之风之气。树似乎还在春天里，青翠多意，倒是竹子老成，笋都老了，用之待客，太怠慢了。还是喜欢得很，烟雨在树竹中穿行，飘在眼眸耳际看和听都舒适。

峡谷中水意丰沛，一路哗哗地响。水是烟雨生成的，哗哗响的水轻柔，轻柔得可以拭去眼角的水雾。

在水声里，往往有惊喜。洗心池双心为邻，搓一把溪水，心就干净了，何况洗心池的水永不停留，俗世的污浊，总是随波而去。小停、小留，还有什么不再干净。

青檀树，以石为基，把烟雨挂在树梢，一站就是五百年。青檀树不死，它的皮是宣纸的基质和本分，所以宣纸上绘就的烟雨最为真实，剥去一层，烟雨还在。

冰川搬来的峡谷，巨石总要占据要害。山碰到了烟雨，即刻柔和下来，树和竹和草见证，山石的缝隙就是为烟雨准备的，树、竹、草是江南烟雨的家。

烟雨安家常驻，绿少不了。秋池州绿得不够谦逊，占用了秋天太多的时间，果子青涩，何时才能成熟？瀑布披下，有果，如山中姑娘，不是谁都能带走的。

山村甚少，卧在山的心跳处，早被烟雨包围合拢了。有路一条通向山外，也被烟雨填满，得细心地分开，只不过不要砍刀，劈出进山出山一条路。

识得山藤真好，我的心时而奔放，悠秋着奔烟雨而去。心没有不能到达的地方，想了，就去了。途中有好友发来茶的文章，文字优美，谈茶到位，足见情怀。茶和烟雨相关，甚至茶就是烟雨的宠儿。茶非茶，茶亦茶，如烟雨，亦雨亦烟亦非烟雨，缥缥缈缈。

九华天池漾在烟雨中，七十二万平方米的水面，如平铺在众山腰间的平静，波澜不惊，而她背靠的九华山寺庙，木鱼声声，风吹镝铃，俗世在佛陀的面前演绎，真实和虚伪并存。天池向东有山路崎岖，心诚者可攀烟雨直奔九华天台。阿弥勒佛，天就亮了。

烟雨一层，在天池上空，而生根处却是山，山不移，烟雨不离，天池永不会干涸。

天池边有垂钓者，远远抛钩。据称天池五十余年没透底，五十余年的鱼该有多大？短短的钓竿能钓起？雨竿上有烟雨，我发现了。钓者莫是为烟雨来的，若是，太值。

回途雨停，烟雨却不走，撵着追着送别。池州生情意，烟雨为先。九华山，隐住了池州灵秀的风情。实际上烧香拜佛，何如没入池州烟雨。

晚上伴池州烟雨小酌，喝的是故乡的酒，揪一块烟雨就着，怎么的也不醉。

匆匆陵阳行

天欲雪。过长江，雪远了，江南沉在氤氲烟雨中。江南依然绿，山绿，绿得老道，绿得沉稳。经历风雨后的绿，就是一抹天地良心了。

一溜烟雨到陵阳。池州市的陵阳，青阳县的陵阳，两千多年时光固化的陵阳，欲雪的风吹开的古镇陵阳。

南流河清澈，水声潺潺，游动的鱼小声地叽咕，古陵阳摆设两边，是怎样的风骨？两千年风韵依存，两千年古色古香，这藏于群山中的小家碧玉，该有怎样的情怀？

立于南流河石桥上，三孔拱立，我与来自宋朝的麻石条厮磨。桥居高处，竟平了河而岸的屋脊，放眼望去群山空蒙，或唐或宋或明或清的房舍，都在烟雨中。

有小舟浅泊，如一粒负重的标点，在南流河的水意里，承载远去的梦想，归去来兮总是悠悠。

有树兀立，一站就是四百年，落尽叶片，依旧伟岸，虬枝洒脱，非得绕乱行走的目光。树叫老柳，冬天里名字合意，如若是春天，老树新叶，岂不是老得青春？

南流河由西向东婉约，飘带样穿越陵阳古镇二千年，水情蜜意，款款地和陵阳河汇合，中间有一些歧义，一些水去青弋江，一些水归长江，但也平和善意，把古陵阳的风情俗意带进新的画卷中。

水孕育古街道的另一番意韵。意韵无声，却随着店幡飘动，铁匠铺、木匠铺、豆腐店、米醋店，传出低回的吆喝。酒香不怕巷子深，而这巷子在历史的尘埃里埋得太深，非得用生动的叫喊，才能擦亮被山岚迷失的目光么？

走在不长，但古意扑怀的街道，我的心怦怦乱跳，我知道面对的建筑，有着太多的历史印记，一石一木，甚至是一块破损的瓦片，都能诉说大块头的故事。转身是唐，折身是宋，左右周旋，或许又是汉的片言只语。我想大叫一声，却无端的失语，时光太久，我的方言难能听得懂。

闯入天下粮仓，俨然是别样的景象。这是历史、人文、民俗交织的地带，藏着民以食为天的主题。手中有粮心中不慌，一把把称天称地称良心的秤杆，让沉闷的光阴简单了不少。

我在走失了很久的农具前，躬下身体，是向农具们致敬，也是要拿起它们，把心中的荒芜锄去，把心中疯长的杂草铲除。

天下粮仓隐忍在陵阳的土地上恰如其分，这是一方厚土。当我在三进三出甯氏祠堂驻足，我突然明白，一块以山水养育的土地，必然造就万千生气，必然要用石雕、砖饰、木刻、宗谱去固定。供奉的神位上空空落落，当今似乎比过往更为重要。

俗世的绿色让我感动，在一些破败的容器里菖蒲绿、兰花香，它们摆在古质的街道，流水的南流河边，甚至长在老柳的青苔藤痕里。菖蒲、兰草来自周边的山风岚气，它们是山水中的精灵，古镇独钟爱，估计还有些深意。解不透，且装进眼睛里，可截然不是可有可无的插曲。

未有青阳，先有陵阳。陵阳比青阳，足足早了八百年，陵阳比青阳更值得玩味。放逐的屈原，曾居此九年，写下“当陵阳之焉至兮，淼南渡之焉如？”的著名诗句。之后是谢灵运、李白、贾岛、杜牧、杜荀鹤、袁枚等诗人在此放纵诗情，有诗可作，有情可倚，才能留住诗人。徽道深远，得有桥连通涉水，南流河上三孔石拱桥，正托起了诗人们太息般的脚步。及至董必武偕胡志明古镇小憩，写下“富贵陵阳镇，风流谢家村。”的诗行，古韵和新声又对接而起。

没去成谢家村。又何止是谢家村，黄石溪、白沙岭、苦妹潭，等等，等等，只能留在默念里。匆匆陵阳行，我能截取的也太少。

中午小餐，一桌子美食，尤其是一道名为杀猪菜的佳肴，让人欲罢不能。吃了，美了，其他的置于一边，倒如是这次的匆匆一行。

回途车中小寐，有梦袭来。一生痴绝处，无梦到徽州。陵阳和徽州近，但属池州，有梦正常。再过长江，江北的雪沸沸扬扬。

大蜀山下半边街

对大蜀山熟得很，若干年居家的郢子，距其不过五华里，大蜀山春夏秋冬尽在眼帘里。大蜀山孤立，但其山势披下来，成就了一片坡地儿，严格来说，郢子就势而立，脚下的土地就是山的一部分。

小时大蜀山充满了诱惑，一有机会就慌着去探访，山和丘陵地不一样，石和泥有着不同的质地，石缝生树，泥土长庄稼，自然产生了迥异的景观。树和草都新鲜，山路钻在之间，悠闲地赋予弹性，偶有野山花横空出世，尽管不识名号，却满心稀奇。一年春天，一棵大树的繁华吸引了我，花满枝，白得灿然，于之下仰首，纷落的花瓣淹没了我的目光。那时，我还不知这树叫中华樱，她是所有樱花的鼻祖，一副堂堂大中华的面孔。

流连大蜀山，每次都要去烈士的墓地祭拜，一方方土丘，掩埋着志士的忠骨，墓碑隐约在山草野藤里，只有一个个名字，诉说遥远的故事，在我幼小心底，种下一颗颗英雄的种子。

又一次走进大蜀山，在烈士陵园，不尽的感叹和崇敬之情油然而生，前人栽树后人乘凉，我把心丢下，目光却走得辽远。

大蜀山兀自陌生了，陌生是因为一个叫半边街的地方。

依山而建的街只有半边，另半边是绿地和山林。喜欢半边街这名字，它隐约地在告诉我需要探求，如同宋词的上半阕，下半阕有更多的抒情和深刻。

一色的皖中建筑风格，点缀少量徽派建筑，飞檐走角，把大蜀山岚之风，搅和成一抹抹风景。古意和我撞了个满怀，倒像是走进了晚清的场景，而沿街陈列的农家物品，又如回到了许多年前的故乡。心跳先是扬起，之后就是沉陷，最想的是让眼睛睡去，凭心去打破愁绪和落寞。

有些不经意的文字打动了我，比如：林深时见鹿，梦醒时见你。不经意已敲中了我的心软处，大蜀山林深似海，鹿鸣呦呦，一场好梦，梦得岁月深处，醒来时第一眼该是谁呀？似乎应有一场恋情和它对应，天荒地老，永远保持一种忠贞。再比如：不打扰，念你。这又是什么样的情怀，是半边街对另一半的陈述吗？其心悠悠，莫是石木情缘？

文化在半边街里吹拂寒冷中的春风，半边街是适合市声喧嚣，内心独白的地方，闹和静在这里持平。天人合一，在一幅幅水墨画般的景致里，泊浮于泼墨演绎的空白。我在之中，早不是俗世的自我，想歌想吟，想做一只衔泥的燕子，在窗户打开、大门虚掩的房梁上筑下芳巢。我还想扛起斜倚墙边的锄头，做一个实实在在的农夫，田园将芜，胡不归？不远处田连地埂，庄稼正在成熟，而静等的风车，正可吹去岁月的边皮。

坐于垒十村一隅，身边有人，却是独坐，喧闹中的静是真正的静。小茶一杯，清和得听见自己最微弱的吐纳，浊气吐尽，灌入心肺的是一汪汪平和。村中一如山野，河水潺潺，竟有小船泊来，船家停橹，时光似乎停顿了下来。是谁家勤快的媳妇，在窗棂下晒了满当当的秋声？玉米、红椒、花生、豆子，明明是一块收秋的场地。抬头有诗句入眼，梨花夕鸟藏。不用说还有上半句，柳色青山映。明明是春天，藏也藏不住。退一步唐诗，走一步宋词，掀起帘子，就是现代的抒情了。

还有什么不能放下呢？冷原来是瓢／热原来是杯／原来／我们生活在冷热之间。好一个人世哲理，就停落在半边街的深层处。

月光挂上树梢，大蜀山回归于安然，半边街仍热闹着，各色小吃伴着与人亲热的灯光，挥洒草木泥土的香味，大可尽意品赏。山味、村味、外域之味，让我跌入了俗世。

俗世真好，半边街还原着饮食男女初心和真情。恩怨走失，也是能找回的。但又何止是爱情？

大蜀山有月，独照半边街。

泛舟秋浦

秋浦江一百八十公里，水声潺潺，碧波荡漾，将一抹山川装点得分外娇艳。

李白在唐天宝年间，五度游历秋浦，泛舟江河，放纵心情，仅以秋浦为名，写下的诗篇，就有十七首之多。若以秋浦江一百八十公里计，每十余公里就有诗作一首，以古秋浦而论，五十六公里的江河，每四公里不到，竟有诗仙的杰作一篇。池州的风光多是沿秋浦江布陈下的，江是飘带，轻轻一拂一系，诗和画便生息不已，随烟云和岚气聚聚合合，随水声和露霭挥挥洒洒。

江水吸引了谪仙，美景挽起了李白诗的情怀，端江河为酒，诗在他的心中流淌。“千千石楠树，万万女贞林。山山白鹭满，涧涧白猿吟”。美景交融诗情是最完美结合，或许李白游历秋浦时段，是他人生最失意的时候，愁和怨紧紧相伴左右。他着意于“白发三千丈，缘愁似个长”，但从没忘记身边的美景，时而吟哦出“秋浦田舍翁，采鱼水中宿。 妻子张白鹇，结罝映深竹。”等与秋浦江息息相关的诗句，将稠密的心绪置入秋浦江的湍湍急流中。

在我的心目中，泛舟江河的李白，比起持酒邀月的诗仙可爱，水有灵气，足以浸淫诗歌的根须，植入深厚的泥土中。李白撮月江河，泛舟秋浦，愁绪定然要用诗来表达，再让江水浮起诗笺，荡然向东而去，向东而歌。

秋浦江一河水，一河景，一河诗。当地的旅游口号叫得响亮：漂流秋浦江，李白做导游。助力李白的名声和诗声打造推介旅游品牌，不过，事实也如此。

去秋浦不去泛舟，肯定辜负大好河山，当然也怠慢了李白。知秋浦是先知李白秋浦诗的，似有难解之缘，秋浦非得去上一趟，感念李白的气息和诗中可拣可拾可品可倚的况味。所以一听到召唤，我便摆脱了所有的葛绊，管不了炎热酷暑，一头扎进了魂牵梦绕的秋浦江。

水生育的景致，必须在水中悟解。秋浦水来自深山，清凌甘冽，既有山的通透，又带着山的灵秀，甚至拥有众山合成的味道。我迫不及待，和好友推舟下河，尽管是橡皮小筏，不似李白乘坐的木舟、竹筏，但和水贴得近，和秋浦江仅隔一层皮肤。我想大喊一声，秋浦江我来了，还是忍住了，怕惊扰了秋浦的一腔安静。秋浦水不深，可湍急得卷起朵朵浪花，抬起筏子，上下颠簸出一些意味。我本是旱鸭子，出生于岗地，喜欢水却不习水性，面对一江水，多少有些怯意。好友善解人意，一个劲对我说，你只管欣赏美景，弄筏的事交给我了。于是我手中的桨成了摆设，只痴痴地瞅水望山，体会心向幽远的诱惑……

我似乎看到了李白沐江临水的身影，他自拈胡须，将一叶扁舟横陈在浪朵上。

“秋浦千重岭，水车岭最奇。天倾欲堕石，水拂寄生枝”。李白一定是在泛舟中写下这首诗的，眼前岭重山奔，重叠的山影填满了秋浦江，在水波一次次的拂动里，倒像纤纤水草，在游鱼的抚摸下，生出温情的枝条。山和江都有密码，诗就是藏着密码的匣子，怎么打开，得靠心去悟去解。群山依旧在，水车岭居于何处？仰望蓝天，瑞云奔驰疾走，吹送来天籁之风。我真的捉捕到了李白的心跳了吗？

太阳雨洒在江面上，激起阵阵涟漪，我们的筏子恰兜留在江面最宽阔的地方，水平如砥，筏子自是横了起来，好像刻意在等待雨的到来，等待雨和太阳共同的抚慰。我索性端坐船头，将双脚置于秋浦的水景里，以双脚当桨，竟让筏缓慢地漂动起来。

双脚和秋浦江联系在了一起，我由之踩踏到了水的骨头、水的坚硬、涌动的暗波，当然还有诗情画意——藏在水波深处的难解意韵。我的心陡地柔软起来，朋友总说我是木讷之人，实际上我没有不明白的，没有开始就没有结束，而如今，在秋浦江开始，我该有怎样结束？太阳雨住点，我愣在蓦然里。

正是初秋，泛舟秋浦江，两个秋重合，我该取怎样的心情？美就是爱，李白在愁怨中基于美而爱，我无愁怨，完全是沉浸于历史和自然的美，而生发的深切的爱。此爱悠悠无止无境。

泛舟秋浦江，我们和李白有同样的游历之程，大美，大幸。我和朋友击掌。

浮山浮记

枞阳浮山，距我所在小城，不过百十公里，如同天边，没去过。偶然的机会，去了，又将自己丢下了。

早晨浮山裹在云雾里，雾是真正的雾，薄薄一层，透出水气的明白。如今雾和霾搅和在一起分不清，见次真正的雾难得。春雾雨冬雾雪，看来浮山不久将有一场雪袭来。

进浮山，首先吸引我的是树。一棵孤零雾的树，在浮山景区的入口边，恣肆张扬，问导游，是什么树？导游不屑回答。我忍不住前往探视，头天晚小雨，踏泥泞而去，树合抱，不认识，叶已落尽，枝干金属样向空中戳去，枝头残留着一些果子，滴落不停。从果上判断，像栗或榧，不可确定。树下一土地庙，只进得香火，进不了人，和气，安然低矮得有些意思。同行朋友，催我快走，只能不求甚解，匆匆离开。回头时，一粒果子砸在了我的头上，小痛，如浮山给我打的招呼，有些禅意，从冥冥中来。

浮山不高，海拔一百六十五米，一座上亿年的死火山，来自白垩纪，地壳运动加紧的时期。火山喷发，岩浆形成路，不难走。腿有伤痛，本想走到哪算哪，和浮山谋个面就罢了。一走上，竟不想舍弃，沿着山路，一脚踩着一脚向上攀去。喜山乐水，是人之大天性，我也能不例外。水让人顺和，山教人深沉。浮山有泉水有山石，喜与乐都有了。

山景极美，冬天山澄明，少有聒噪，一概静谧，游客稀少，反衬出浮山的幽远。不高的山，景点疏离有致，金谷岩、滴珠岩、枕流岩、摩崖石刻、金谷禅寺，比比皆是，移步换景，绿树披陈，一些幽古的山洞还存放着久远的秘密，随时都能冒出新鲜的故事。奇峰、怪石、搀岩、幽洞，为浮山之奇观，又用十八山峰和各色景点来解读。解读得令人信服，不觉中拍案叫绝。

摩崖石刻是藏在浮山中的文脉。石刻沿崖而生，或攀附在幽邃山洞里，字有筋骨，文有力度。四百余幅石刻，铁画银钩，清瘦严谨，丰润饱满，端方秀丽，风格迥异中，一再透示出山的性格、人的胸襟。孟郊、白居易、范仲淹、王安山、黄庭坚、张英、左光斗、方苞等，曾流连于此，发千古幽思，叹世间造化，留下了一段段传奇。浮山被称之为文化第一名山，毫不为过，面对山崖，走近三十六岩、七十二洞，总有一位历史文化名人把持，泼墨或长叹，回荡在山岚之间。

一路茶花相伴，花色洁白，绿叶翠微，茶树是野的，野得有些不管不顾，倒符合浮山的身份，浮山没有过度开发，也没有浓厚的商业味，令人心悦。会圣古刹门前小憩，执意的没进刹门，不是不恭，而是门前的一棵三百五十年的银杏，和刹内一株挂满红果的树吸引了我。品树如品山品刹品人，其中妙趣横生。银杏树过于高大，举目向上也得一段时间，目光的走动有过程，走着走着，就走出了风月。红果树叫不上名字，我把之称为相思树，道理在仅向南的一边，果灿若玛瑙。同伴者认可，说了句有意思的话，相思果，只为相思者生。古刹前的停留，本想沾点佛光，不过叹出现实，也是一种观照。佛会认可的。

攀顶后，峰上竟平坦，树和路皆好，草尤其的绿，绿得让人感到沐浴在春天里。可以有无限叹喟了。浮山多洞，为何藏下那么多的文人？除了山景之好之幽，有否其他的原因。想而不解，换之为自己。道理反过来简单起来，有一卷好书可读，有一个思想可打磨，又为何不倚山而卧，听一片山涛声翻动书页，把一个个字咬碎了咽下，再吐纳出刻进山石呢？出世和入世，一座山上完成，不也意蕴无穷？

登文昌阁，便有了新的结论。阁居妙高峰顶，浮山最高处，九华山如在眼前，长江如带，蜿蜒而去，脚下的浮山中学，书声琅琅，文气充沛。七十二洞的文人们，一定常登此阁，感受九华佛教的烟云，听取长江滚滚东逝的浩然，小我由此而去，大我由此生成。妙景和心结合，成就物我两忘，把心中的追求，当作了山的一部分。山在，心的追寻就在，就不死。文昌阁不远处，有卖石的老者，不声不吭，一窝水，石在水上浮，当作广告。石生浮山，有静气，静而浮水上。

下山临近市声，有一泓水来自山泉，聚成明镜，对镜的是浮山镇镇民，清洗越冬的衣物，棒槌声声，和山有一声无一声应答。我也喊声，山不应答。匆匆地走上一遭，我还不知浮山的真实。

杭州听雨

几年前秋天，在杭州西溪，雨下个不停，冒雨赏景，几乎是在听雨中度过的，雨声好听，秋风、秋雨、秋景，营造别样的氛围，我的收获自是满满的。

今年到杭州，夜半又下起了雨，到了早晨雨声更是密集，整个城市都在雨声里。推窗远远地望，雨粒在城市的空中纠集，形成了云雾岚气，雨似乎是从烟雾中漏下的，兀自有了想象的空间和韵味，光是听显然不够了。

玉古路是杭州听雨极好的地方，路两边景致好不说，仅是阔叶的树，就可以好好的思谋观赏好一会。树分段长，一段为槭木，一段为梧桐，再一段为枫杨。树一概高大，浓密的叶蔽盖，树居路的两岸，叶却相互触摸。小行在玉古路上，雨淅淅沥沥，滴出沙沙的声响，倒若是季节脚步，不紧不慢，但也忽忽地向前。玉古路的雨声，不用说是西湖景的组成部分，它离西湖太近，让我产生了些错觉，路如湖的支流，而雨则是湖水细细浇出的。

杭州太过荣华或者富丽，大美大叹之后，留给我的却是些细节。听雨当然应去西湖边听，最好在风雨亭，听秋瑾、听荷风，听夹杂在历史风情里的“金戈铁马”和秋风秋雨愁煞人……我选择了浙江大学，一间普通得不能再普通的教室。

严格来说是浙江大学玉泉校区。浙江大学太大，我却以为玉泉学区是浙大的根和魂。除了浙大一百多年的历史，是在这写就的外，当然还有我的一个心结，我最好的同学和兄弟，在这里度过了最美好的七年时光。在浙大门前留影，我的心猛地沉陷，时光流逝，门楼依旧，同学近四十年前给我寄的照片就是以此为背景的。长叹一声，好同学已在若干年前作古，空留下一些说不清道不明的秘密和遗憾。

雨下得起劲，教室里坐定，一粒粒雨仍是不依不饶地砸中我。风声、雨声、读书声，声声入耳。我此刻听到的仅是雨声。雨声在我的心中放大了，大得无边无际。我明白，一切都来自我的同学，他的脚步，曾在浙大的校园流连了七年，甚至我坐定的座位他也坐过。

同学太过优秀，高一考取浙大，后读研、出国，进入了另一所高校任教。他不止一次地约我，到浙大的校园走走，我一次次答应，又一次次爽约，四十年后我来了，他却早从云端跌下，如烟云中的雨义无反顾直扑大地。记得他向我介绍杭州、介绍浙大，眼睛里全然是爱和喜悦。他也说过，在浙大听雨是种享受，雨敲硕大的绿叶，就像一支游动的笔，找着了光滑吸墨的纸张。

屏息入定，眼前是同学的镜像，耳中是满满的雨声，教授的课一句也没听进。

听雨要有心情，杭州本是给人心情的城市，浙大自然也是。或许我的心情过于沉重，有些东西杭州和浙大无法给我，生命脆弱，而脆弱也不该自己折断？雨无休无止，雨声织出了网格，把我裹缠得严严实实。

不能免俗，对着浙大的四面八方，我轻轻呼唤着同学的名字，回应的只有雨声。

这肯定是听雨的插曲，还是不听的好。我冒雨而出，将自己的独自，交给了杭州的风风景景。不愧为“天堂”般的城市，无处不美，无处不景，只有天堂才有吧！雨在风景中行走，得用眼睛去听了，雨清新风景，目光也因之透彻了。

听雨不择路，离住的酒店远了，回时，车子不好打，多是网约车，招呼，还是停下了，免费捎上一程，接力般又一车免费捎上，让我的心暖暖的。在车上听雨，雨声是滑动的，雨中的景是行走的。移步换景，全在一瞬间。出租车师傅好客，说杭州头头是道，他们如丝绸般体贴，又成了城市不可多得的风景。

大美杭州，似乎没有多余和空白。师傅来了一句：窗外雨柔和，美呢！师傅听雨，也没听够。

杭州多雨吗？有诗为证：东边日出西边雨，道是无晴却有晴。不是写杭州，用这也贴切。离别杭州，天晴得好，一路观景，植物青葱葱的妙意，该是吸足了雨声吧！植物听雨，终要把雨声放给太阳听，然后笑，杭州一城一市的笑。

河涧菖蒲绿

两山夹一涧，水从山上来，清泉翻腾，带动碎石移动。石上生菖蒲，绿得可人，如有纤弱脚步，踟蹰地前行。

素对山水钟爱，一条山涧，聚集了山和水的所有元素。首先是山，峭立着向上，树、竹密集，山的面目模糊，也不知山的深处藏着什么样的情愫。之后是水，沿峡谷的涧，紧慢有序地流动，沧浪出声息，音乐般好听。

山、水交流出石，圆润而无棱角，水磨去石的个性，有，也埋在时光的包浆里，似守定千万年约定，默然地等待。

菖蒲恰到好处地出现，固于山石缝隙，或抱定圆润的石块，将绿绿身子暴露在阳光下，夺去行人不少的眼眸。

仅是绿招眼，许多人把她当作了山草，实际上她就是草，只不过喜水、恋石，比普通的山草多出些情怀，绿得另类，长得另样。菖蒲和人有缘，喜欢了就追寻，彼此地追，相互沾黏和沟沉。

一株菖蒲染目，山高水绿可忽略，何况星星点点地，摆设在石、水的骨子上。挠心，又抒怀。

知菖蒲、爱菖蒲的人，古来有之。苏东坡和石菖蒲交心，置案头，观野外，写进诗文，且赏且吟，融入骨子里。他写道：山中亦何有，草木媚深幽。菖蒲人不识，生此乱石沟。山高霜雪苦，苗叶不得抽。下有千岁根，蹙缩如蟠虬。长为鬼神守，德薄安敢偷。山涧野草，入诗心诗眼，旋即成为依恋，成为人生观照。草木有心，看怎样去倾听。苏东坡听懂菖蒲，于孤寂中，不孤独。

没入草木之心，倾听菖蒲草情草意，最好的地方，还是野外。一块山石，一个陶盆，一捧清泉，可模仿外境，终缺少野趣，难成就石菖蒲初终和愿景。山涧溪流，小鱼聚群结对，零落的菖蒲，与石趣、水情为伴，构建出自然小品，好生怡然。

小鱼触摸，摇晃飘忽根须。青色的螳螂守候了，一只贪吃的虫子就要到来……一株石菖蒲就是一个小小的生态栅栏，围拢水石、山岚的天地。此时，菖蒲是主角，不关乎目光，目光在不在，她都绿得干净。

苏东坡对菖蒲爱怜，应是来自山溪野外，乱石沟菖蒲萋萋，把世间的荒凉纳进了绿色的怀抱里，深幽走远，留下的是生命葳蕤。他采菖蒲几尾，随诗情词牌而走，置于书案之上，于豪放中，听虫浮菖蒲的低吟。甚至将野生的菖蒲，寄托好友家，远游它处，却书笺问候，如同对待牵挂的亲人。

菖蒲临水倚石独立，捻须吟哦的大词人苏东坡，又何尝不是？人若草时，落脚地，随处都是。草如人时，就只有一个陶盆安身。如此的反差，不公允、不平衡。

蝴蝶来访，盛夏炎热，菖蒲的绿，是难得的一缕清凉。数十匹蝴蝶，迷乱纷扰，一朵朵花空中飞，落在菖蒲上，花就开，五彩缤纷，煞是好看。涧中的菖蒲，因之多了颜色、多了动感。

实际上，水石走动，带着菖蒲走，沿陡峭山谷，菖蒲跌跌撞撞，抱着一团石，抱住一个宿命，石在她在，石粉碎，她就寻找新缝隙，把根伸进去，完成长途跋涉后的坚定。草命随遇而安，所以不绝。蝴蝶飞走了，又一轮寂寞由之而来，倒是她被扰乱的枝叶，散淡出不绝如缕的香气。

山涧小溪积潭，如是泉水的窠臼，菖蒲逐流而来，聚拢为自己的山庄，根攀叶搭，和不远处的村庄谐趣，大同小异。潭里老人濯洗，捧山水清凉，洗出夏季的清亮。菖蒲默默，老人临走时，采菖叶一丛，放进洗净的蔬菜里，或许一道口味独特的山菜，就此产生。

放弃了山道，奔山涧小溪走，水浅，大小石块铺出一条路，蹦蹦跳跳，脚下是水，是绿绿的草，是惹人心跳的菖蒲。忍不住，还是采了一株，菖蒲连石，索性将石也捡上了。仔细去看，菖蒲有节，竟和山坡竹异曲同工。

山谷叫红石谷，因石赭红色得名。红石谷长年泉水潺潺，生菖蒲，绿而有节，寒暑不畏。红石谷连通到了我家，我采菖蒲一株，在斗室抱石而长。

湖畔荷风

三千亩的荷风，在湖畔悄然地吹。荷风有古意，与《诗经》押韵。

湖是巢湖，古意的韵脚来自千年古镇三河，荷花妖娆映日，别样地红出鲜艳。红也是层次分明，大红、水红、桃红、橙红，深深浅浅，红成一抹铺天盖地的色彩。

为一朵花低头，六七月天首选的应是荷花，千万朵荷花斗妍，低下的头还能抬起来吗?

三千亩荷花镶嵌在巢湖遗落的风月里，风月被湖水洗亮了风骨，这荷花便有了硬朗而柔和的质地。一盏荷一个个性，千万朵荷，就将天空撑得更高。荷风掠过，天空瓦蓝，连俯冲的鸟，也把一缕缕蔚蓝牵挂着，引进田田荷叶之间。

其叶婷婷，其花艳艳，其蓬楚楚。荷何处不美，何处不留下心的追寻?

沿着荷香吹开的小径，深入荷花的内心，为一朵朵花的绽放喟叹。似乎此时是一枚蝶，是一粒蜂，一只青虫，所有的思绪沾满了来自天籁的花粉，思绪纠结，纠结着酿出了一汪蜜。蜜黏糊目光，世界便甜成了一组跃动诗歌，浪漫而又抒情。

记得写过一句较为得意的诗句：藏进荷叶间/太阳就找不到我的去处……藏进三千亩荷风，还有什么能找着。面向荷的海洋，完全可以穿越而去，估计想得最多的是初恋，执一人手，就一盏盛放的荷花，表达自然清新。荷香明亮，一瓣荷自可当舟，渡两颗怦然的心跳。

荷叶当伞，如然小雨初来，撑上她，和一匹青皮蛙做伴，自会打起蛙鼓，扑腾生命最初的感想。在荷的漫延里踟蹰，不作这般联想，真的辜负了出淤泥而不染的清白。

一支莲蓬无意挡路，她有心跳和低头谦逊的子房，她在等待，等待一次曼妙的邂逅，她的心中怀揣梦想，盼望着深藏不露的梦被轻轻抚摸。你、我、他，前方的路辽远，让一组甜蜜的梦埋伏，该是何等的美事。

去年十月，蓬在三千亩的荷风里倩垂，小风吹过，铁色的莲子摇动金属的声音，兀自感念这声响应是《左传》中鹊渚之战剑戟碰撞的火花，巢湖、三河的古意在侧呀。

翻过巢湖大堤，碧波轻拍芦苇，有鱼跃起，莫是也想观望一派荷香？鱼和荷亲，一道拦阻的堤坝，岂能隔断鱼的念想？跳吧，有荷风相迎。还有苇子，她和荷都是行走的藤蔓，谁敢说，她们不在泥土深处紧紧相握？

不远处三河水利风景区，以湿地的名义和三千亩荷色相拥，古老的河道喷吐水的湿情，萋萋绿色，用禾苗注解，执意的木芙蓉羞于和荷花比美，她们收敛而低调，实际上她们也是另一种荷，扩展了荷风的领地。

荷在行走，沿着荷畔的风，谁敢断言，千年古镇三河，不是一盏盛开的荷。三河多笑颜，笑得若荷花一样。

发现了一个秘密，蹲下身子就和荷花一样高了，放眼望去，荷花和她的苞子活泼泼地浮存在碧色的荷叶上，随风摆动、随风跳跃，随目光组合成低于天空、高于尘埃的世界。此处有话大声要说：在这世界里，想不快乐，想不兴奋，绝对枉然。

低头看一朵花，何如平视，三千亩荷梦尽可入眼。

湖畔荷风向天际洋溢，寻觅一朵荷花和自己对应吧，单瓣、重瓣，深红、浅红，哲理或者禅意，明快抑或滞重，来哦，揪一块这风临幸，天阔地广，意蕴雅集。

淮阳拾片

从淮河源头桐柏出发，经越息县，跨过西颍河，就进入了中原腹地淮阳。

淮阳明明朗朗地站立在眼前，西颍河水清新透明，悠悠扬扬地吹响杨柳的笛音。苗木多重色彩，与六月里的玉米交映，玉米也是两种，半人高的吐穗，刚从麦茬中凸出的，正努力地将绿音涂抹在黄色的土地上。

皇天后土，形容这块土地准确得很。淮阳不同凡响。陈，陈州，宛丘，淮阳。宛丘是《诗经·陈风》中的宛丘，陈州是包拯《陈州放粮》中的陈州。陈、陈州、宛丘、淮阳多位一体，黄河之阴，淮水之阳，烘托着三皇五帝的皇之首、帝之初——人文始祖伏羲氏，中华文明由之发端，轰轰烈烈，逾五千余年，而永远。

在淮阳，拈一撮泥土是历史，掀一朵晚风是文化，摘一枚绿叶是传说，一草一木都有着鲜明的个性。仅一蓍草，就可反复玩味。蓍草独生太昊陵，茎八角形，叶似艾草，又无艾草香味。移出，则变形，茎圆。当地人说，蓍草专为伏羲生，八卦风云和人生。

伏羲发明八卦，卦出天地人和，用蓍草，在淮阳清风明月里，卜出中华文明走向。

傍晚时分走进淮阳城，四处荷叶田田。城被湿地包围，东、南、西、北，一万六千亩，形成湖，湖为龙湖。城在湖的呵护里，大气、美好，自是水育的胎子。何况荷有野气，古旧的野气，香若天来。荷叶也来自诗经：彼泽之陂，有蒲有荷；彼泽之陂，有蒲有蕑；彼泽之陂，有蒲菡萏。荷花初放，月色还早，没敢染指，只能去听荷花低语，古意的，半文半白。

晚上喝酒，面对荷色，背靠六千五百年的古色古香，倾杯而饮，醉和不醉都是肯定的。喜欢席间的水碗菜，半菜半水，好生鲜美。倒像是淮阳的文景，水土参半，美得很。

淮阳距淮河一百五十公里，和黄河反而近上一些，黄淮之间一溜平原，却因淮得名，生麦子、种玉米，旺各种树木，南北苗木，栽下了就粗壮、就参天。两河交织，水气交融，还生长文明和文化，十二次为都，十次立国，不论大小强弱，都蓊绿得盎然。吃水碗菜，喝烈性酒，碰杯处有裂帛之音，也是翻动厚重典籍的使然。

在淮阳的夜晚行走，荷气逼人，常被飘拂在尘埃中的成语、典故绊倒，一画开天、五世其昌、灵王好细腰、孔子问礼、伐蔡灭息、买臣负薪，等等，等等，它们一问一答，在现实中缥缈，在时光里发问，不由不让自已陷入道德评判、生命追寻中。黄河冲击，开拓出一望无际的平原，又通过淮河水系运来地气湿意，荷大胆亮出绿色的符号，古意新生，作最具现实意义的呈献。

我俯身在宛丘拾取，人祖伏羲曾在宛丘建立都城，之后是神农氏，把中华文明建树在大平原的高台上，方圆百亩，宛丘高耸，又有怎样的山能超越它？当《诗经·陈风·宛丘》深情地唱道：子之汤兮，宛丘之上兮。洵有情兮，而无望兮……深深的爱情，已在淮阳的土地上守望成一抹绝好的风景。捡起宛丘上一块陶片，绳纹清晰，我仰天长叹，这陶片已足足生存了六千多年。人生短暂，活着的文化，还将久久的持续下去。

又想起淮河，宋以来几为害河的淮河，充满了悲怆和怨愁，水生万物，也能将万物化为鱼鳖。千里走淮河让我对水有了更多的理解，溯流之桐柏而息县而淮阳，无水无万物，无水无文化，水兴邦也灭国，这是不争的事实。在水的面前，人无能得软弱，可人却是水做的。爱水怨水，人是何等的矛盾。

朗月清风荷朦胧，我又在淮阳城的龙湖边散步，湖是古城河，承载了数千年水情水意，水不浅不溢，有传说，湖底暗河直达黄河。一枚荷花近岸，我闻去，仍是《诗经·陈风》中荷花的气息。

一

淮河一再南移，留下了一片神奇的土地。宛丘、陈、陈州、陈郢、淮阳等等，每一个地名处都矗立着众多的故事，小心拆开这些故事的枝节，淮之水便汩汩湍动，在故事苍翠的叶片上，闪动湿意的光泽。

在淮阳停留时间太短，几乎是惊鸿一瞥，但也就是这一瞥，唤醒了我心中的沉寂。人可匆匆而过，心得长长留下。我一再发愿，适当的时候重返淮阳，没入淮阳风水泥土中，细细品味、拿捏之中的历史沉淀、关门过节、沧桑巨变。

在淮阳见不到淮河，淮河改道向南去了。但淮水的印迹和存留的水意，包括所带来的荣耀和困惑仍俯首可拾。

中国历史最远端，三皇五帝，开天辟地的始祖中，伏羲是头一名，他葬于此，他的辟地作为，也是在这方土地上产生的。近乎洪荒，黄河和淮河纠缠不休，而稍微宁静时，伏羲率领他的部落，自甘肃天水，沿黄河而下，来到了如今的淮阳，驻扎宛丘。宛丘临蔡水，蔡水相系于淮水，清澈温和。

用一款水束腰、濯目，伏羲在这儿成就了气候，奠定了东方文明的基础。伏羲的贡献，可用短短的几句话来概括：结网罟、养牺牲、兴庖厨、定姓氏、制嫁娶、画八卦、造书契、作甲历、兴礼乐、龙纪官。如然烦琐，一句话足够了：他将野蛮人，拉进了“人”的门槛。

宛丘是伏羲部落的核心，若称之为都城，也是草编的、泥垒的，却是实实在在的。立宛丘之上，可观蔡水碧波缓缓东逝，可听埙音依依飘逸，空气清许，端的让人心醉。

六千多年的历史沧桑，宛丘真的老了，如若不是平粮台等历史遗存作证，谁敢将如今的荒凉之地，当作《尔雅》记载的天下五大名丘之一,《山海经》中称之为陈州山，与中华文化的根祖圣地，相对应。

立于宛丘，我想得最多的还是淮河水，六千多年前，淮水孕育的蔡水该有怎样的演绎？水生万物，养育人，也滋润智慧。在众多的传说中，伏羲、女娲造人，情节生动饱满。或许正是这样的故事，埋下了若干年后，宛丘作为爱情伊甸园的重要伏笔。一首《陈风·宛丘》从古老的《诗经》中娓娓道来：子之汤兮，宛丘之上兮。洵有情兮，而无望兮。坎其击鼓，宛丘之下。无冬无夏，值其鹭羽。坎其击缶，宛丘之道。无冬无夏，值其鹭翿。如此的爱情，无冬无夏地追寻，唯水能滋养得出。爱是生命的源泉，它所挥洒的是刻入心间的情怀。

对水的敬畏，对河流的尊重，一直是我心中凝重的情结。淮阳的平粮台，如今，似乎和水无关，但在过往的时间里，它是一再因水而抬升的，带着水的渍痕。这水是黄河水、淮河水们。当我在一节节陶制的排水管道前驻足沉默时，我分明听到了水声，潺潺而下，急缓、错落有致。陶管是四千五百年前的管道，水也应是四千五百年前的。

水声让我耿耿于怀，我想抚摸它们，用之清洗平粮台上一波波热浪激下的汗水。举目四野处，水离得太远、太远。脚被硌了下，好痛好痛，弯腰，却是一陶片，尖尘树立，拾起，竟见纹理清晰，水波在陶面上漾动。水汩汩而兴起，四千多年的水清凉。是淮水，是蔡水，一定是的。同行的作家拾起一个个陶片，作纪念作见证，我却不敢，我怕陶片上蕴藏的水，会在我的梦中将自己淹没。

淮阳之行，太昊陵是必去的地方。伏羲有太多的传奇和欲说不能的地方，而他的安息之地更有强大的文化吸附力。

走淮河，寻找的是文化，而文化的初根当扎在伏羲的情怀里。淮水将人文始祖创建的文化源源不断地搬运出去，用水的润泽，氤氲于两岸，再行传播，文明播撒，由中原而辽阔，最终形成了中华文明，乃至东方文明的大气候。

太昊陵至今仍保持着较大的规模，南北长近八百米，占地九百多亩，有着宫殿式的建筑群落。古柏森森，宫殿巍峨，聚集了众多的传统文化元素。

一些小小的场景一而再地打动我。在宫殿里席地而坐着众多的守宫人，有男有女，老人偏多，他们为一个心愿，或者为一个心结，默默守定，用心向伏羲倾诉，一切都在无声中，一切都在默契中，游人如织，似乎都和他们无关联，他们想些什么，求些什么，恐怕只有水声地气知道。

围伏羲墓而转，我发现墓圈石上，有一个圆润的孔，它是千万个人，用手指摸出的，水滴石穿，肉体的抚摸，也能洞穿坚硬的石头。人是水做的，应是同理。石洞还在加深变大，因为触摸的人源源不断。据称，这是求子的膜拜生殖的象征。爱情的伊甸，该有这俗世之义。

没能赶上每年二月二至三月三的祭拜礼，史载这样的二月会已延续了近千年，但其景象和内涵没有大的变化。人山人海，拖家带口，仅是对伏羲文化的礼拜，绝非有宗教的意味。

人们对生命的崇敬在伏羲园处处可见，就连传统的手工艺品“泥泥狗”，也表现得淋漓而尽致，不遮不隐。狗头如男性的生殖器，身上一道红色裂痕就可想而知了。

水将伏羲搬运来，水又养成了生命。淮河流域生命澎湃，俨然和这有关。

历史的风景在这流动，自然而又曼妙。在广场我还看到一些舞蹈，它们在粗犷中，带着几分神秘，和土埙的节奏相匹配，表达的分明是龙的传人的内质，让人品味再三。

转眼处又有大捧的绿飘来，偌大的植物，用特别的主题奉献出独特造型，为生命而歌，也为历史的沉重涂抹新鲜的颜色。

水穿越历史，必然滋养今天。我在太昊陵沉思良久，在现实和虚晃中浮沉，采根蓍草，为自己卜上一卦，天地人和，竟如水般流畅。

二

淮水千转百曲，湍急飞逝，淮阳进入了陈的年度。陈，作为国号，有近六百年的历史，经历了二十世，二十六位君主。陈地风流持重多彩,《诗经·陈风十首》足以说明。

来淮阳前，我不止一次地围绕着一个淮字思忖，想当然地以为，一条大河波浪翻，穿越在淮阳的大地上，淮水一定多情婉约，让古老的淮阳展示多汁的风姿。走淮河，最希望的不也是如此吗?

失望了吗?没有。淮河因黄河的强势而一再改道，偏离了它的初衷，但还是用水声和一往无前的情怀，在淮阳的土地上，刻下了深深的印记。陈文化，便是其中一道足以跨越唐宋元明清，所有朝代沟豁的深邃。

水是孕育文化的地方，淮河同样如此。当人文始祖伏羲，播下了文明的种子之后，神农氏尝百草，开创了农耕文化的先河，同为陈国人的老子，发出了上善若水的喟叹，孔子三度入陈，且困于陈地，形成了儒家思想体系。后来楚国迁都于陈地，楚文化也因之随淮水汩汩传送。

我一直以为老子心中的水是淮河的水，黄河水坚硬浑浊，只有淮河水清醒柔和，更贴近老子思想中的水。在淮阳，不论是万亩龙湖水，还是运行在植物、庄稼中的水，乃至闪烁在人们眼睛中的水，我以为都是和淮河水相通，否则就不会，那么的善意，那么的通达人情。

淮河常因泛滥，抛出灾难，尤其是中游，十年九灾，说到淮河，往往随之的是悲苦。小时常有要（讨）饭的，靠在我家的门框上，哀声小气地说，可怜，可怜吧，给点吃的。一问，总是说淮河发大水，家被淹了。那时，我家的日子也不好过，岗上旱，收成不好，但好歹有个家，淮河大水，连家也毁了，实在是可怜。我曾对淮河有冲天的怨气，不过，也就是掖在了心中，秘不示人。

近些年淮河污染，又让一条河不忍卒读。多年前读著名作家陈桂棣先生报告文学《淮河的警告》，心疼得要掉，淮河呈现在我的面前，就是一道丑恶的伤疤，且时时流出腥臭浓血。恨吗？恨的是把河弄脏的人。人脏了，可用水来洗，水脏了又用什么来洗呢？陈桂棣先生是我敬重的作家，他告诉我，在采访的过程中，他的心在颤抖，为一条河的生存忧郁。《淮河的警告》引起了轰动，也因之受到了方方面面的高度重视，淮河治污，由此拉开了序幕。

在淮阳，淮河虚拟了，沉默在历史深处。但正是这种虚拟，留下了淮阳的真实。淮阳如一抹朴厚的古老村庄，凭借厚重呓语，时而吐出陈风楚韵，轻轻太息出众多文化巨擘名字，老子、孔子、曹植、李白、李商隐、白居易、张九龄、苏轼、苏辙、晏殊，等等，他们或著书立说、讲经播典、吟诗作赋、煮茶论道，无不轻漾淮水的波漪，水不死，这般文化的固执就不会死去。

有种浪漫的情怀在心中升起，执一人手，在月圆的夜晚，或宛丘或龙湖，就袅袅埙声，吟哦《陈风十首》，谓河水煮河鱼，原景配古诗，会是何等鲜活。所执的人，一衣白裙，风动款摇，定然是初恋初心的慰藉。淮河的美好在梦中，也在思念中。

春秋年间，孔子三进陈地，难堪的是被困七日，断粮断炊，只能以芦根充饥活命。孔子困厄于陈，正是蒹葭苍苍、白露为霜的季节。难以猜测孔子的心理，有一点可以肯定，孔子架琴抚弦，依旧诵诗论道。孔子叹曰：所信者目也，而目犹不可信；所恃者心也，而心犹不足恃。弟子记之，知人固不易矣。论道的孔子对学生说，也是对苍生而言。此时的蔡水仍潺潺而流，作为淮河的支流，将孔子的话传递得辽远。

登弦歌台，琴声依然，孔子话犹在耳畔。眼前的龙湖水声四起，芦苇青青，荷花飘香。彼泽之陂，有蒲有荷。龙湖的水来自淮河，孔子厄陈所食芦根，喝淮水长成，当可解饥，当可壮观智慧，这智慧是世人的。似乎牵强，但绝对是种真实。孔子困厄陈蔡，是陈蔡的痛，又何尝不是淮水的痛？如果一连串的历史事件在陈地上发生，如，陈胜、吴广诛暴秦建张楚都于陈，曹植囚禁于陈，包拯赈灾于陈，看似偶然，实在是一种必然，封闭最终导致没落。

春秋时四大美女之一桃花公子息妫夫人，算得上是陈的柔软温度。

水凝的女子，有着桃花的色泽和香度，尽管由她生发的故事，固定了一些词组，艳若桃花、引狼入室、三年不语等等，在陈地流传而至今，其中所包含民情、风俗、文化、内涵，却需要深入发掘。为息妫的故事感动，也为能够产生息妫美丽、善良、坚忍的土地感动。

在淮阳期间，著名作家柳岸女士，送了我一本她著的长篇历史小说《公子桃花》，书中展现了春秋时期云谲波诡的历史画卷，更刻画了桃花夫人息妫美丽、端庄、传奇于一身的人生。书中向我一再传达了水的韵味，淮水在陈的过往中，起伏跌宕的不可或缺。阅读让我一次次沉入风雨波涛之中，心中的淮河，悄然在心中运作开来。

柳岸女士，肯定是淮阳人的代表，她有公子桃花的端庄，更有息妫的智慧，她落笔处陈的风情扑面而来，不朽的《陈风》赋予她淮河女儿的本源。柳岸热情开朗，言谈中饱含对淮阳和陈文化的热爱和钟情，她带领团队，用如椽之笔，书写、刻画、传承这古老土地上的文化元素，并将之张扬又张扬。

楚宫慵扫黛眉新，只自无言对暮春。千古艰难唯一死，伤心岂独息夫人。在淮阳夜晚，读这样的诗句，未免伤感。推开窗户，一轮明月当空，万亩荷花在月下美丽，小风吹过，荷花端的婀娜，夜鸟升空，分明带着雨露的滋润。

淮水、淮风、淮香氤氲，洗去了我眼中的尘埃。

三

热了许久，下了场猛雨，推开窗户，眼前的小河竟哗哗地开怀，湍急地流动起来。河是条景观河，直通家乡的母亲河——派河，派河达巢湖而入长江。江淮大运河将沿派河摆下，前期准备工作，正在有序的展开。引江济淮，把淮河和长江沟通，又会是一项伟大的工程。三国时曹操就有这构想，凿开将军岭，引长江水进淮河，当然，主要目的用于军事。可惜半途而废，空留下被后人称之为将军河的遗址。如若曹操的愿望实现了，大自然多了条河流，历史又将留下怎么样的厚重一页？

在心中沉淀一段日子的淮阳，又再次被端了出来。和江淮大运河有关，和曹操有关。

公元232年曹操的儿子曹植困于陈，以“陈四县封曹植为王，邑三千户”，实际上是囚禁，曹植“汲汲无欢，遂发疾薨”。年仅四十一岁的曹植郁悒中死于陈，葬在陈的城南。

才高八斗的曹植，似乎注定要和淮阳连在一起。他的《洛神赋》表现的就是和伏羲的女儿宓妃神交的情景。宓妃是淮河的女儿，洛水和淮水交关。宓妃的身段惊鸿、游龙、青松、云月、流风、朝霞、芙蓉，都是淮水赋予的。曹植渡洛水时，有感于洛神的故事，写下了脍炙人口的名篇，他怎么也想不到，十年后会来到陈，于宛丘边，倾听宓妃生于斯的太息。

我已无法铺陈当时淮河的景象，但水的意韵一定充沛，临近走向生命终点的曹植，除写下《伏羲赞》《神农赞》等篇章外，在龙湖边还写下了《芙蓉赋》：览百卉之英茂，无斯华之独灵。结修根于重壤，泛清流而擢茎。竦芳柯以从风，奋纤枝之璀璨。其始荣也，皦若夜光寻扶桑。其扬晖也，晃若九陽出旸谷。芙蓉蹇产，菡萏星属。丝条垂珠，丹荣吐绿。焜焜韡韡，烂若龙烛。观者终朝，情犹未足。于是狡童媛女，相与同游，擢素手于罗袖，接红葩于中流。这芙蓉是龙湖的芙蓉，是《陈风·十首》中的荷，更是充满了淮水质地的菡萏。水声依依，多少给了政治失意、满腹锦绣的曹植以慰藉。

小时听七步诗的故事，默背“煮豆持作羹，漉菽以为汁，其在釜下燃，豆在釜中泣，本自同根生，相煎何太急”，心中悲悯之气，一股股涌出，对曹植有着一种刻骨的牵挂。生于帝王家，何如长在贫民窟？甚至有冲动，把曹植接到我家三间茅草房中，兄弟相称。大时读曹植，常感叹于“天下才共一担，曹子建独占八斗”和“骨气奇高，词采华茂”，不免有些嫉妒，有些说不上的个中味。为古人担忧或因古人生闷气，到目前为止，我还是说不上值还不值。

淮水最终接纳了曹植，他安息在了淮阳高大的土丘里，即便灌木茂密，枝丫纵横，但仍寒鸦啼鸣，莫名的凄凉。曹植囚于陈，时间太过短促，他的才华在陈地没能展示，也如滚滚的淮河水，和淮阳侧肩而过。去凭吊他，心早从浮躁中平息了下来，他在我的眼中，他只是一个早逝的诗人，一个用诗说话的人。诗活着，诗人就不会死去。

我不止一次参加邻县以曹植命名，举办的诗歌节，吟诗喝酒说曹植，但对曹植的理解一直在浅层次上。在淮阳我突然有了新的感悟，曹植缘水，植字有木，洛水和淮水都能浇灌，逢水而生，逢水而诗，即使是坐落在麦地上的思陵冢（曹植墓），也是一首诗，耐读。

在淮阳，曹植留下的印记是浅显的，和众多的政要官宦、文人墨客无法相比，但还是一再地打动了我。打动我的是他的才情，是他留在文坛上的文字，如水般明快。

曹植故里亳州，也属淮河流域，和淮阳不同的居于淮河中游，产酒和药材，古属陈地，严格来说，曹植囚在自己的乡土里，与小时饮的是一河之水。我在淮阳看了众多的白芍，季节过了，花已谢了。亳州盛产芍药，花时，四野走香，相信淮阳也会一样。芍花开时，曹植会怎样？他会把淮阳当作亳州吗？淮河水一脉相承，放朵芍花，从淮阳到亳州，不要多长时间的。

急急的夏雨过去了，天又蓝得透彻，眼前的小河满满当当，母亲河也丰满起来。我的思绪从淮阳回了来。淮河之于故土十分重要，我的家乡水分两爿，一爿归长江，一爿给淮河，一些地方的灌溉也靠提淮河水。如今向长江奔去的派河，又要和淮河联系在一起，分水岭上的两爿水，在江淮大运河里将会合。规划中的江淮大运河，还将走将军岭，和数百年前的曹操不谋而合。

水真的是有趣的物质，水生万物，万物依存于水。走淮河源头，涓涓细流汇集，一路卷挟风声，河成了气候，带出万物澎湃新景象。水会搬运，把人和物搬来搬去，逐水而居，是人被水调动、搬动了。

曹植的诗情由洛水搬动，而洛神是淮水养育的，层层相托，成就了一河水的涟漪。

又想到洛神之美：肩若削成，腰如约素。延颈秀项，皓质呈露。芳泽无加，铅华弗御。云髻峨峨，修眉联娟。丹唇外朗，皓齿内鲜。明眸善睐，靥辅承权。瓌姿艳逸，仪静体闲。柔情绰态，媚于语言。

淮河的女儿好美，美为神。人神道殊，只能神往。一次美好而伤心的聚会，在梦中，也犹如曹植在淮阳。我在想，曹植的最终日子困于陈，是曹植的幸运，淮河养育了淮阳，生就了一大批文人雅士，曹植可以和他们神交，可以用梦想幻化为图景，可以用淮水的湿情，整理诗人的心怀。如此，也是和洛神一样的美事。

在淮阳期间，我最中意的是载淮河水的万亩荷花，以及不知疲惫的芦苇，她们谦若君子，送出美好，又倩影低垂，一领丝巾般，环绕淮阳城，轻柔而不失力度。有城如此，真的不亏浩瀚淮水。也时有幻觉，曹植们赏荷持杯，取龙湖水为酒，一醉洒脱。

四

在淮阳对水有了重新的认识，水可以远远的离去，可以干涸，但水灌沏过的地方，总要栽下常青的植物。

淮河离淮阳而去，栽下了龙湖，龙湖以荷和蒲呼应，还原初生的绿色。我以为淮河和龙湖贴得最近，龙湖的水波里有着淮河初始时的逸动。

淮阳城泊在湖中，恬静安然，说是黄淮平原的城市，倒似江南，有着烟雨缥缈，和即现自如的韵味。驰车湖边，骄阳似火，但款款荷与蒲的情意，只能让人联想起诗歌和埙声。此时的淮阳城，又如一大水滴，氤氲地呈现水的魅力。

除却厚重的历史，淮阳是绿的，绿得让人陡生出些幻想。我喜欢连绵无际的青纱帐，淮阳到处都是高高举起的绿色，这似乎是一个地域的符号，绿浩瀚，绿厚重。

曾在淮河以北的一个城市读大学，淮河擦肩而过，每到春季，麦苗青青，连绵碧绿，把人和万物都染透了。如何形容连天接地麦地，我常词穷。还是当地人厉害，称之为海，一瞬间我就折服了。还有比海形容淮北平原无际的麦苗，更贴切的吗？没有。海宽阔无垠，带给人的是万顷的水意。麦是水构成的，一棵麦苗不就是一粒水吗？众多水粒，自然构成大海，麦海。

许多日子，略有闲暇就去探海，沉湎于绿色之中，吐出心中浊气，收获新鲜和自然。甚至有了初恋的冲动，想牵着一个人手，一辈子鲜鲜活活走下去。常在水边走，肯定会湿脚，麦海是水组成的，我湿了脚，主要来自心中。

或许是心灵的敲击，在麦海边行走，我眼中全然是水，是淮河的水。居淮河中游的北方城市，易旱却又多水，淮河就在边上，况且密仄的河流，又将水引了进来，林林总总，水意总是丰沛的。

淮河的水长进了麦子的心跳里，交代的还是淮河的况味。

淮阳也是这般的，无法考证淮河，何时远离淮阳，也无须去考证。陈风楚韵是淮水的，浩浩龙湖更是淮河的，想抢也抢不去。

月夜我泊在了龙湖岸，抬头望月，竟忘记了身在何处。月明，湖水湛蓝湛蓝，无涯无际地铺向远方，静得出奇，让我产生了深刻执意的迷幻，一条河飘带样送来水，又长龙般地运走水。

飘带是淮河，长龙是淮河。走淮河，除息县见了淮河，其他几个县，仅是听到历史上淮河的回音，浑厚清亮。在淮阳，淮河难道是要用龙湖来注释吗?

和我读书的城市麦海不一样，龙湖是真正意义上的湖。河生湖泊，淮河长龙湖。当地人多说，龙湖不干涸，有暗流与黄河沟通，我不以为然，有淮河的底蕴足够了。大片大片的蒲苇在龙湖里葳蕤，风吹逍遥，风驻安静，实际上逍遥也是静，欢闹中的静是水之大静。如若不是鸟儿在苇蒲中降落，似乎一切都可忽略，包括岸边人、天上月。鸟儿们我不陌生，家乡巢湖的苇丛里到处都是，夏天，我不止一次叨扰过它们，捡拾鸟蛋，去喂肚中的馋虫。蒲苇是湿地的宠儿，她们有自己的思想，为水吐故纳新，也为鸟儿营造家园。龙湖的环境优美、清朗，截然地和大片大片的苇蒲有关。

目光不闲，野生荷花是栖落的好去处，或许古意的水、沉淀的泥，好滋养，野荷的叶碧绿硕大，花朵鲜艳芬芳，尤其是待放的花荷，让人产生无际的联想。古人比我们有趣，诗书画一齐来，荷意的风骨，早藏在典藏的折页里。在荷花里穿梭，更多的是心，如有小舟一叶，我一定乘舟生发，去龙湖的深处谈一场恋爱，去寻找《洛神赋》中洛神般的女子。面对万顷荷花盛开，嫣然一笑，得意事和烦恼事都会被荡涤出胸怀，心绝尘，眼更绝尘。

龙湖又何止仅生长苇蒲、荷花，好水所系的是悠远和传奇。伏羲逐水，开创中华文明。神农氏教民稼穑，顶一枚荷叶，做实实在在农家人。陈胜、吴广，涉水而来，建张楚。李白、苏轼等踏水而歌，诗情逸动龙湖。

好水要有好源头，源在淮河，淌来了《诗经·陈风》。当水、荷、蒲、苇，作了《诗经》中的标点，淮河便锲进了生命的本源，文化的最深处。

真的羡慕淮河之阳的宛丘、陈、淮阳，这一方好地、好水。生在淮阳是幸福的，长在淮阳是幸运的。在淮阳行走，我无时无刻不小心又小心，生怕踩碎了涟漪不断的水声，看不见四处流动的水，水却无处不在，水匿名，藏在土地和岁月的深处。

我听到歌声，看到舞步，协调着原生态的诗意，它们如同结在文化长藤上的果实，五味俱全，品赏后满嘴生津。好戏、好歌、好舞，这块土地上发生太多，演绎起自然风生水起，端的魅力无穷。“姑娘起舞飘荡荡啊，轻歌妙舞宛丘之上啊……”一曲爱情歌舞，来自《陈风》的古情，却在现实中鲜艳，爱是水的流动，佩戴在生活的枝头。

我在青纱帐里漫步，常听到豆棵的低吟，它们饱吸地气，挎上水的润泽，根须深扎，谁也说不透彻，把定的泥土，有没有一块瓦砾，刻着神秘的符号。读着曹植《七步诗》，风开始轻柔，豆已不是哪个豆。梦在青纱中云游，人不再迷惑，从从容容，想着做个淮阳人，坚定地去做。

走千走万，不如淮河两岸。我的脑子里常悬着这样的词句，尤其是在淮阳。淮河的悲苦一面，在淮阳浮现不起。

在北方上大学，有一个同学，家在淮河边，常因水灾流离失所。有一年寒假之后，他久久没有到校，一打听，春节期间，全家外出乞讨过日子，走得太远，一路讨饭回，不能不旷许多天的课。知了缘由，我不自觉地将泪流得老长，一时间对淮河充满了怨怼。今年同学返校活动，他也来了。问他淮河的事，他笑声滔滔不绝，说，淮河好，治理过的淮河更好。淮河养育了他，可打可踹，就是不能骂。他伸出双手，我握紧了，变形的关节，仍有着淮河水的硬度。

淮阳是淮河变迁的缩影，走进、紧倚它，听到、看到的。

五

当淮阳成为一个结，在我心中系紧，又渴求解开时，淮河水正在鼓足劲头奔江入海，淮河自然是系紧结扣的长线。淮河在江河中，悲情多于抒情，只不过在淮阳表现得不尽相同。作为淮河流经的县域，如今又以淮命名，它收益太多、沉淀太厚，直至现在还在不停地调运收益和沉淀，让一个貌似大村庄的县域，充满了神秘和诱惑。

这或许就是河流和水的魅力。水生万物，万物中生命力最强、最持久，当数文化。

我在梳理淮阳时，常联系到生我养我的故土故地，相互间差别太大，却又有一些相近的地方。故乡的土地分属两个流域，江淮分水岭一抹起伏跌宕的丘陵，作了界线，向北淮河，向南长江，岭脊上的一粒水就要分成两爿了。江淮之间，让一方土地有了交融的文化背景。

吴首楚尾，是故土最大的特点，但从文化角度来说，楚文化根扎更深。《左传》记载，吴楚曾有“鹊渚之战”，发生地就在故土三水交织的古镇三河。楚以少胜多，战胜了吴。从来成者为王，败者为寇，楚文化自然占了上风。今天乡的村落多以郢命名，所谓朱郢、李郢、王郢，便是楚的遗落。

淮阳素以陈风楚韵著称，淮阳曾是楚国的首都，称为陈郢。这郢和我故土的郢一样，横平竖直，阡陌纵横。不过故土的郢比淮阳的郢要早，鹊渚之战时，楚国的首都还在湖北。历史就这般，把淮阳和故土连接在了一起，文化有脉相通，就容易沟通得多。

如同淮阳一样，我总是把故土的文化，乃至风情民俗、喜乐悲情，想着法子和河流结合起来。不需牵强，故乡的文脉和水是连通在一起的。生我养我的小镇叫上派，派本就是水系的另称，或是水的支流。派河的发源地为江淮分水岭，一路向东南奔巢湖进长江。如果派河能翻过分水岭，那么长江、淮河，就会被婉约的派河沟通了。有这想法的最早是三国曹操，他做了，可惜没能成功，仅留下了鸡鸣山下的曹操河遗址，如一道伤疤刻在将军岭上。后来开国领袖毛泽东，也曾用铅笔浅浅画过，修建江淮大运河，引江济淮，作为一种蓝图载入了史册。

即便是丘陵地带，故土也常有水患，江淮之间，水患既受长江的影响，又受淮河牵连。去年大水，由于工作的原因，我南北穿梭，北边受淮水影响，南边为长江牵扯。淮水为客水来势凶猛，长江水位高抬，巢湖高水位，客水下不去，变成了主人，不破圩、倒堤，才是怪怪的事。我在抗洪一线奔忙了二十余天，受尽了水的欺凌，恰脚趾有疾，钻心的痛，强忍着一瘸一拐在河堤上巡视，面对白浪滔天，内心更是汹涌。记得我写过一句比较经典的话：鱼被水淹死了。被多家媒体引用。水淹死鱼、呛死鱼，在滚滚洪水中，真的是常事。

水患可怕，旱灾更要命。水灾一条线，旱灾一大片。由此，河太重要，水太重要。沟通江淮，对故土实在是个妙招。曹操有远见，毛泽东看得更远，他要求，一定要把淮河修好，其中一定包含了江淮大运河的内容。

故乡和淮河有关吗？有关。这一点和淮阳有异曲同工之处。受淮河水的影响，一种潜移默化的东西，在地气地脉里运行。

晚清时期，在故土的山脉里，生长出一种植物，叫淮军。他们以土得掉渣的语言，兴师而动，喊出一个朝代末端最响亮的声音。其中一个叫刘铭传的麻子，带着流入淮河的湿气，在台湾抗法保台，成为台湾首任巡抚，不折不扣的民族英雄。刘铭传的旗帜上，是大写着的淮字，淮是淮河的淮，军是淮河的儿女。刘铭传立于台湾海峡呼号，水茫茫，浪滔滔，他想到的注定是淮河水。

还是刘铭传，在抗法保台的十多年前，他率领淮军去过淮阳，剿灭农民起义军捻军。在淮阳他的心态不可揣测，只知大胜后，他一直请辞，做个普通的老百姓。他归于山野，面对各种恭维，他愤而烧毁了平定太平军、剿灭捻军的朝廷祝贺文书，他为何如此，一切都交还了时间的碎尘。

刘铭传闲暇时，曾写下《淮阳晚泊》的诗句：浅滩舟泊处，彻夜水流声。风浪今无险，渔灯渐有明。刘铭传金戈铁马，也有柔情时，面对淮阳水波，剑戈入库，低头吟唱，他一定被什么深深打动了。我揣测，这诗他应是在龙湖边写下的，浅滩泊舟，本就诗意淋淋，何况还有彻夜的流水声。

淮阳、淮军，二淮聚头，也是淮河使然。

就这样，故土和淮阳有了关联，故土和淮河更贴近了一步。

好消息还是来了，江淮大运河正式进入了操作层面、破土动工，投资数百亿的大运河，不久将成为现实。为之我兴奋得不能入眠，常沿着穿城而过的派河流连，又登上江淮分水岭的脊背，畅想一条大河波浪翻的盛况，水波涟漪中，百舸争流，该是何等的美妙。对于淮河和长江，这中间的一横，不就是一条畅达的通道吗？它将改变些什么，尽可以放开想象。

今年夏天，天气少有的炎热，我的目光最关注的是河流，长江部分区域大水，淮河处于安好的状态，连过去沉重污染，也趋于好转。忧喜参半，戚戚占上风。水潜入了生命的所有角落，关注应该常态。

走淮河，于淮阳拾取的碎片最多，我试图从中拼凑出一个完整的淮河图案，但那么的力不从心，是思路的滞涩，是文字的空泛，是，不全是。淮阳之于淮河，仅是水中一滴，何况是溅出的一滴，早洇染在深沉的淮阳大地上。

静听成都

在成都拥有一张书桌，短短几日，也是诗意和美丽的。时光静好，洁净得可以去听，听进了就饱满，就可以沉淀后去洋溢。我以为，人之一辈子，是由一些点构成的，点状分布，而后连接在了一起。

静于成都一张书桌，这样的点，再难复制。

校园花开得不错，栀子、三角梅、海棠、矢车菊、矮牵牛和格桑花，各有娴静，不张狂，却好得出奇。天府之国，总有独到处，干净、利索、平和，佩戴在花朵上面，倒像是采蜜的蜂，清亮，恰到好处。不少植物我不认识，比如大叶榕，我就当成了白兰花。不认识也有好处，可揣测，放在心中念想。

实际上早晨在去校园的路上，我就在用眼用心倾听。成都安宜，一方水土养一方人，巴蜀的水土养育了一方闲适的文化。酒店坐落在大面镇，和成都市中心尚有不短的距离，但也是大都市的气象。高楼大厦不说，宽敞的道路也不说，仅路边宽容的绿化带，就足以让人感慨万千。我说的是宽容，绿色参差着，树高低错落，透风透亮，品种也多样，不千篇一律，做清一色的事。绝大多数植物是本土的，如成都的语言，听上一句，就判断出是四川人。

成都存史三千多年，找上其中一个结点，截然会流连忘返。三国时占蜀就足以望天下，得陇望蜀，频频天下计就在眼前。谓一生二，二生三，三生万物。刘备三顾茅屋而得诸葛亮先生，就在成都的烟雨里，烟雨有古意，古意中充满自信的芬芳。杜甫在草堂边沉吟，既有茅屋为秋风所破，又有“两个黄鹂鸣翠柳，一行白鹭上青天”的抒情。诗情在飘，听得闻得，自在心里萦绕。

想到若干年前高考的日子，不知怎么得到了巴金的小说《家》，偷偷地看，半夜看，避着父母。迷觉新，迷梅表姐，迷鸣凤，心里全是他们在偌高公馆中活动的场景。《家》看完了，又钻窟窿打洞找《春》《秋》，一个高考季节，完完整整地钻进了《家》《春》《秋》中，小说是川味、成都味，味足。巴金是四川人，用一个巴字立身，微辣、微麻，如他后期的著作《随想录》，真话到位。成都让我着迷，似乎来自巴金。

坐课堂听老师讲课，川味普通话，娓娓的好听。语言组织好，内容丰富，广征博引，吸住了我的目光。说方圆、阴阳，讲对立统一、一分为二，甚至八卦，偶有四川的调侃，让哄笑声一浪接一浪。我的眼睛开始迷茫，成都人柔软，不叫成都汉子，我却听到川军呐喊声，杀鬼子，个个好汉。

也是在早晨，不少人报怨，晚上蚊子多，成都蚊子欺生，咬起来不留情。蚊由水生，成都被山被水包围，水气涟涟，一马平川地生长稻菽，福地养育苍生，将农耕文化，上升成一种可以一而再的渊薮。蚊子吸血，痛痒中，提示在深深的夜里，听一段成都的天籁，静悄，有刻在成都山水中的铭记，轻轻敲击因奔走而酸痛的腿骨。此番敲击，适中。

还是早晨，早起的朋友，带着相机去了菜市场，回来时满当当的。

翻看他的相机，我看到了鱼腥草、猫耳朵、青胡椒，生长的川味，全是绿色的，散发诱人的光彩。绿有光彩，在成都表现得到位。昨晚，天微黑到成都，用餐于街头，不识的树，绿得厚道，一盘盘菜蔬也翠绿。菜味鲜美得很，好吃，我不是吃货，但吃得猛，隔锅饭香，何况这锅隔得上千里。不小心咬破了一颗花椒，麻辣的香直扑心底，瞬间有了天人合一的感受。川式的天人合一，不一样的。

持一份心情听成都，真好。由草、由木、由人、由花椒、由历史，可听得清晰，听得心胸开阔。昨夜独宿一室，夜深人静，我推开窗户，成都还没入睡，我突然想找人说话，一只青虫透过纱窗和我对视，熄灭灯光，我想听它的啼鸣。青虫无语，啼鸣了我也听不懂，或许它来自三千二百年前的金沙城。

宽窄无边

和宽窄巷的遭遇，不算猝不及防，在这之前它碎碎地在我耳边，旋出一次又一次风声。城市的记忆、农村的记忆，随时光流逝，已无更多固化的东西来承载。宽窄巷似乎提供了一种刚性的模式，柔性地挺进忆念的心怀。

成都聚历史、文化、自然于一身，三千多年来的沉淀，早让一座城池杯盏满溢。战火、杀戮、和平、风花、雪月、诗情、画意，多方位刻画，成都形象活泼，特质鲜明。宽窄巷就夹杂在历史的风云里，傍太城、少城、满城，沐风栉雨，生长人情，绘就世俗的画卷。宽窄巷陌用不朽的符号，在成都的细微处，刻下和树木年轮一般的纹理。

我走进了它们，宽巷、窄巷、井巷，一块品相极高的玉石，铺陈在市声和喧嚣里，兀自保持定力和安然。宽窄无边，市井有味，巷子产生的故事，只有贴身才能品味。踏上泛着青光的青石板，厚度的敦实从脚板向上传导，一种贯穿历史的踏实感油然而来。我不是成都人，不是四川人，但有些来自血脉的东西是连通相承的。比如乡愁。宽窄巷生长了四百多年，沉积了太多的叹息和目光，当它脱去布满风尘仆仆的马夹，换上风情万种的吊装，表情由木讷呆滞，而突然丰富起来，巧目倩兮，自是顾盼中生满情缘。我不也正是如此吗，面对着宽巷、窄巷、井巷，顿生出生命的本真。孩子般的本真，记忆深处的真实。

老成都是什么样子的？史实中有记载，而浮雕般生龙活虎样呈现，宽窄巷似乎做到了。三条巷平行而游走，居、坊、庭、墙，构成了巷的基本元素，优雅其间的闲适，如同成都人的安逸，不紧不慢，却又脚踩莲花。我喜欢宽窄巷一个个举首可见的门楣，充满了题写者的智慧和众生的态度，不二、宽坐、宽云窄雨、三只耳如此等等，经意却又不经意，让我在发呆里，心中有些况意。宽窄巷名气太盛，游客摩肩接踵而来，目光也无处放，但仍是可以在此处发呆良久的，找到自己的元素，属于自己，别人何曾能抢得去。

国人迷信，走宽窄巷，先窄后宽，图个彩头子，希望路越走越宽。不需责备，谁能没有这样的希求。历史宽泛，但载起它们，一条巷子足够了，北京的八大胡同是巷子，而驻守在宽窄巷子的将军府，也仅是巷子上的一片叶子。巴蜀从宽窄巷起步，走得硬硬朗朗。金戈铁马远去，杀戮之声遁去，宽窄巷也一再演绎、生变，根底却没移动，稳稳固固。

推开巷子中的一扇门扉，时间的灰尘呛鼻，空落的历史没闲着，平台上，正陈放着麻辣的成都小吃。治大国如烹小鲜，小吃合口、适味，历史的余韵腌渍过。

成都的日子过得平和，活在当下，将生活的每一个缝隙灌满了，无怨无忧，众多的小吃在宽窄巷飘逸香气，川文化在吃中绽放，利胃清脑，生动生津。以火锅作为代表的川味，色香味俱全，吃出了一片风景。吃火锅需一再放慢节奏，否则美食穿肠，仅是一场虚无。民以食为天，天慢将下来，生命的过程也就拉长。慢

乃大智慧，在宽窄巷中反复表达。对千百种小吃，我该品尝哪

种？我捡拾一块麻酥糖，这天府之国的味道，麻辣之外，更多的是温润。

阅尽今天的风华，去历史的沉淀里打捞，宽窄巷里，置身古朴，教人的是沉湎和幻想。三角梅在一面古旧的墙壁上盛开，这是谁家的宅地，种着怎样的情怀？不去考证它，却又无法不想它。亦宽亦窄，人总在悖论中周旋，宽和窄有相对的标准，仅是相对，略远，则是虚无的理想，绝无边界。

心还留在宽窄巷时，身已在外。一棵老榕树下一匹花斑猫慵懒而眠，我试图吵醒它，没有结果，眯眼沉睡，它不管身边时光漏逝、人来人往。近处是宽窄巷，我抬头去望，巷陌里的屋顶青灰，幻境里，花斑猫卧在屋脊，昏鸦匝绕，阳光铺了一层。成都缺少阳光，难得。投在青石巷陌，被踩碎了，吃进宽窄无边里。

人多为市，人少为仙，在宽窄巷，有一把竹椅丢在时间角落里，它是我的。

去肥东看牡丹

驱车五十公里，去肥东看牡丹。牡丹落脚滁河边张集乡刘氏宗祠，市声远去，刘家祠堂森严静悄。牡丹就在这森严静悄里，花发有声，瑟瑟而美。

牡丹两棵，一曰姚黄，一谓魏紫。三月天，牡丹枝若黑铁，叶绿鹅黄，花蕾繁忙。有回廊护卫，一片天、一方地，家情、花事交织，倒是另一番世界。

祠堂旧色，牡丹新绿，一旧一新拥戴的还是古意。祠堂古，牡丹古，相伴一百六十年。百年为古，何况百年转弯，绕得曲曲折折。

故事简约，1853 年，李鸿章为恩师刘福庆祝六十大寿，从远方洛阳捎来牡丹两株，遥寄厚意，刘福庆植于庭院，年年花开灿烂。后1862 年刘氏宗祠落成，刘福庆移花祠堂，牡丹花成之为刘氏一族鲜亮的符号。

李中堂可谓用心良苦，师情难忘，师恩何以能报，唯有花开富贵的牡丹能够表达，每年清明、谷雨两花盛放，不就是不忘师恩满面美美的笑容吗？刘福庆岂可私享，他把牡丹花植进了张集的厚土里，岁月沧桑，一百六十多年，年年荣华，将花意的情怀，顶戴在如磐日脚的最高处。一株雍容，一株富贵，不正是人生风采的大风景？

张集有风，风自江淮分水岭上来，两株牡丹就在这风中招摇，举手投足、笑意绽放，不经意间一百六十多个回合。人无千日好，花无百日红，肥东刘氏祠堂的牡丹，以李鸿章、刘福庆的名义开放，波及的何止千日，涟漪的何止仅仅是花情。人世匆匆，花木寄意，李、刘执手之间，花已非花，情成花红。

国色朝酣酒，天香夜染衣。丹景春醉容，明月问归期。牡丹国色天香，在唐诗中押韵，又为款款诗情润色，她的敌国之美何止是仅“动京师”。张集刘氏宗祠，我附身牡丹，行下的早不是注目礼，而是心的期许。姚黄、魏紫？我有些疑惑，牡丹是花中之王，而姚黄、魏紫则是王冠，若真的是，这两株百年牡丹又将掀起新的风声。不是又怎样呢，她们扎根刘氏宗祠，不是已将这方土地浸染得流芳溢彩了吗？

姚黄、魏紫俨然是一代宗师，刘氏宗祠的周边，牡丹新园正在形成，新枝新蕾鼓足了劲，宗师一声招呼，就能簇显花的海洋。武则天不能号令天下花开，姚花、魏紫行。牡丹高格，她们护花心切，唯有枝头的花是生命。为爱而开，花是爱情的舞台。若干时间后，牡丹新园将呈现观光的亭阁，在牡丹亭赏花谈情，来一场香情美意的爱恋，如何不浪漫？

来得早了，两株牡丹正在孕育花事，花的盛况还得有些日子，但花枝上四五百个蓓蕾在大声陈述：花容动时，天下无花。我相信。前些天，去花木城，有温室的牡丹盛开，周边的花了无颜色。我看到许多女游客抱牡丹而归，花映面孔，面孔衬花，都美得倾城。倾城、倾国，早不是少数人专属。我多嘴，免不了和陪同的朋友建议，用刘氏宗祠的牡丹组培，让更多的人拥有姚黄、魏紫，装点生活，又发展经济。朋友称善，我心中的牡丹兀自开了。

由牡丹发端，又去观赏了四百多年的老皂荚树，它粗漏而生命强健，如刀的皂荚正在演练金属的声音。不远处，薛氏祠堂门前的庐剧正酣，唱腔优美贴肤贴心，一招一式到位精彩。祠堂肃静，倒是一株白玉兰迎风吐蕊，白色的花朵如笔指天，像是要借彩云为笺，写一篇抒情的文字。

牡丹没开，木夷触了彩头。姚黄、魏紫，这大幅的画，是得有一支写意的笔醮墨绘就的。

去肥东看牡丹，牡丹没开，心花开。

去桐城

天气好，去桐城是好的选择。桐城文脉通畅，遛遛心思和文思，值得期待。

最早知道桐城，还是若干年前，大学毕业工作，住集体宿舍，同室的是个桐城人。他和我介绍桐城，桐城话难听懂，得耐住性子一个个字听。桐城故事多，首推桐城派，散文第一，进教科书。不过，室友个性要强，生活上会算计，节省得很，挂在口头上的话：一分两分，省钱结婚。实际上他连恋爱也没谈，显得和周边的人格格不入。久了就给他起了个外号“桐城佬”，跟进的还有个词条：天上九头鸟，地上湖北佬，三个湖北佬，搞不过一个桐城佬。亦贬亦褒，至少也是中性的。

去桐城选了四个点，六尺巷、文庙、孔城老街，外加黄梅戏大师严凤英的故居，都不错，都可以放纵心情，认真品味一番。路上就思忖着，作一篇小文记下。路途不远，却梦了一场，短短的场景，四季转换，浓缩精致。太阳暖和，筛满车厢，眼一睁，竟就到了桐城。

六尺巷来过多次，张吴两家的故事耳熟能详。一纸书来只为墙，让他三尺又何妨。万里长城今犹在，不见当年秦始皇。这诗句常引用，当作教材，教自己教别人。走在六尺巷，心却跑得远。墙总是阻隔，如果墙头拆除了，岂不更空旷，巷子的风就不会强烈得割痛人的目光。墙让出三尺，心不让怎么办？物态的东西易呈现，心中的隐藏却不好透光。

出六尺巷走西街，截然不同，生活的一面陡地出现。街古，古得破败，有商铺，兜流者二三人，天晴原因吧，家家户户晒衣，连内衣、鞋子也沿街，不隐不藏，算作市井一景。古街连巷，巷不长，有时令菊花，红或黄，恬淡自得，色香都很夺目。落泊的墙上容忍了绿植，藤状，自上而下，似有一脉牵引，绿得可人。西街被六尺巷灌连，算是释目的补充，无深刻，但有深意。

在文庙看得仔细，元朝以来祭祀孔子的地方，幽深又令人感慨。自以为忝列文人，对孔圣人自是膜拜，行了鞠躬礼，作为表达对孔夫子以及文化的尊重。转而去桐城学派的陈列室参观。两千多桐城派的散文大家，写尽了天下文章，感佩无限。方苞、刘大魁、姚鼐等，当仰而视之。此处去杂念，而将心放静了下来，文思脉动，想做个古人。“茅屋八九间，钓雨耕烟，须信富不如贫、贵不如贱。”“竹书千万字，灌花酿酒，盖知安自宜乐、闲自宜清。”姚鼐的对联，让人发幽古之思，又和眼下对应。桐城人了得，猜透了众生心思。

文庙广场上，有数杆青桐，叶落，上有桐子滴落，入地有声。想到，据说是方苞和一打桐子小姑娘的对句。方苞出句：童子打桐子，桐子落，童子乐。小姑娘应对：丫头啃鸭头，鸭头咸，丫头赚。谐趣而又工整，故事好听，反映的也是桐城的文气。兀自听到朗朗的诵读声，声气稚嫩，近百名孩童，正在开展《桐乡论语一百》读书会活动，孩子们将《劝学篇》读得井然，认真劲从读声中就可感知。方苞们如在，不知会出什么样的对句？庙堂前两树果子正黄，一棵代代，一棵香元，似橘，文气得很。

孔城老街，只能拾取一些元素，深入不得的，一旦深入估计就难以走出。麻石铺进了六甲的深层里，古色的建筑延伸出触角，元明清的建筑掺杂中，点缀着书院、老宅、民居，慵慵的古意，已伸不直腰杆来了。我不愿意走进任何一座人走房空的宅子，不想再去惊扰什么了，静然才该是最好落脚点。太平军曾在孔城老街驻足，反孔，连孔性人也不放过，一夜屠城，孔姓人几无幸存。据导游说，剩下的一户，逃难到肥西，才算留下一条根。我是肥西人，对这一说记得清清楚楚，竟想着回去寻找寻找。

在街上行走，孔城老街做文墨生意的人不少，有桐城文脉风范。其中一张姓老者，抖擞精神，一笔滔滔，书法作品于我而言，定是上品，且有绝活，报上姓名，顷刻间可写上藏头诗。他的作品上过《人民日报》，有报为证不是虚话。和他攀谈，他报上一串祖上名字，有知，有不知，在他面前，知识短缺，脸红涩。老者的摊位，支在麻石上，石上有印辄，独轮车的岁月而为，光溜。有景有文如此，仅桐城。

本该去严凤英故居，导游不负责，不知修桥，车过不去。临时起意，去独秀墓园，实际上早在计划中，只是想单独安排，更郑重些。陈独秀先生，系心中仰慕，诗书文，都是一流，何况革命，推崇民主科学。或者缘分，提前去了，这一去，去出了一份崭新天地来。但只记下他一些话：一直到现在，我还是不怕打，不怕杀，就怕人对我哭，尤其怕妇人哭。我只注重我自己独立的思想，不迁就任何人的意见……不准确，但却有铁骨和柔情，不过还是文人的。陈独秀先生怀宁人氏，不属桐城，可归入桐城派。一套《独秀文存》好喜欢，可惜竖排繁体字，没买下，陈独秀不能当摆设，要认真品。

晚上在桐城市散走，灯光闪烁，黄梅调悠扬，想到若干年前的同室，他黄梅戏唱得也好，尤喜欢唱《天仙配》《夫妻双双把家还》，桐城人人会唱，唱说写都好。

瑞金一场雨的激荡

这场雨应是豪雨，伴着雷声滚滚，在瑞金的大地上升腾烟云。瑞金的烟云氤氲，从武夷山脉飘来，转眼布满天空，烟云和豪雨为伴，又构成了一道随风漾动的美景。

瑞金最美、最凝重的景致还应是红色的，它不由季节更替、时间流逝而变化，如是一尊伟大的雕塑，恒久地散发馨香和魅力。

好雨知时节，当春乃发生。瑞金雨下得豪迈，下得生机勃勃。

冒雨走进了华屋，这是被称之为红军村的客家人所在地。豪雨让春天的华屋清朗，不多的几幢老房和一些别墅状的村居呼应，衬托了后山松柏翠竹的高度。

1934 年 10 月，四十八户人家的华屋，十七位华家汉子走上了北上抗日，长征的征途。其中最小的十三岁，他叫华崇宜，还是个毛头少年。十七位汉子出发前，在后山每人植下了一棵松树，之后就再也没回头，他们向死而去，将血肉之躯抛在了长征途中。

后山的山道蜿蜒，十七棵松在大雨的冲刷下青翠欲滴，昂扬地挺拔在山道边。每棵松都有自己的名字：华崇宜、华崇森、华钦恩、华钦仑、华质彬、华钦柏、华钦梁、华崇煌、华崇沂、华桃生、华德和、华树生、华钦材、华德思、华崇松、华钦遥、华崇球。喊一声，群山作答，应答得铿锵有力，这中间就有华崇宜，他长大了，回应的声音特别的壮实。松成了十七位烈士的归宿地，他们俯瞰大地，故乡华屋一片安然。

一位老人引起了我注意，他和瞩仰者不停地诉说。原来一棵粗壮参天的松树，就是他父亲出征前栽下的。老人的父亲叫华钦材，他的父亲随红军长征时，老人还揣在母亲肚子中，没有出生。老人现今八十多岁了，他说父亲、说红军，平和的叙述里，分明心潮澎湃。老人随手一指，说，这松是他的叔叔。两棵松相距咫尺，比邻而居，就在一个屋檐下。

松涛阵阵，仰望十七棵松，战士般的松，伟岸矗立，以无悔的姿势，笑傲山河。我的心在悲壮中稀软，我想到了信念和初心，想到了初心应有的重量。

何止是华屋呢？同为瑞金七保乡的杨荣显，将自己的儿子一个个送入红军队伍，一个两个三个……八个，八个山样的儿子，在血雨腥风中接二连三的倒下了，沉重的头颅撞击着新生苏维埃的土地，发出闷重的声响。杨老汉也仅是个朴厚的农人，他为了谁？他的山样的八个儿子又为了谁？

我代表他们回答：初心。

豪雨聚汇，似乎非得将我们淋湿淋透。持伞行走在瑞金叶坪村，古树参天，一些凝重的建筑在风雨中如磐如石。古树是中华苏维埃共和国的见证者，凝重的建筑则盛载了众多的历史事件。毫无疑问，人民共和国就是从这起步的。

崇敬之心油然而起，心中风雨更是山呼海啸。我放慢脚步，对着一个个历史遗存认真翻读，过往的艰辛岁月风起云涌……在红军烈士纪念碑前，我深深地鞠躬，我默念着：二十四万人的瑞金，十一万余人参加革命，五万多人英勇献身，其中近一万二千人牺牲在长征途中，众多英雄连名字都没留下……

他们为什么呀！还是初心。不忘初心，四个字重若千钧。

在众多的感动中，让我的泪和瑞金的豪雨一起倾泻的还有活了115岁的共和国第一军嫂陈发姑。故事简单，1931年陈发姑送郎朱吉薰参加红军，1934年10月陈发姑送别了丈夫，自此朱吉薰再无音讯。剩下的日子陈发姑除了苦难，就是盼望、思念、守望，这一守望就是八十多年，直至哭瞎、想瞎、念瞎了眼。而在这八十多年里，她每年都要为朱吉薰做上一双鞋，先草鞋后布鞋，足足堆了半间房子。丈夫行军打仗，费鞋子呀。115岁陈发姑无疾而终，去世前嘴角挂着的是一首歌《等郎归》："哇哩(说了)等你就等你，唔(不)怕铁树开花水倒流。水打石子翻转身，唔(不)知我郎几时归？……"

如陈发姑一样的等待，在瑞金有多少人？在整个苏区有多少人？他们等待亲人，也在等待初心实现的那一天。

穿着红军服，在瑞金的土地上捡拾生命中最为真实的碎片，我反复追问，人在世间行走，什么最可贵？答案只有一个：信念。实际上这是古老瑞金大地的回答，也是创建中华苏维埃共和国烈士先贤们的回答，掷地有声，山河呼应！

雨骤然而停，阳光萦绕在烈士纪念碑的塔尖，金子样放射光芒，我心中的雨却停歇不下来，愈下愈大，红色景观，开始用壮烈和剧烈催生我心的河流，河流中初心的船扬帆起航，在汹涌澎湃中一再被浪花托起。

上杭碎片

最早记下地名上杭，是因为诗句：“红旗跃过汀江，直下龙岩上杭”。偏爱毛泽东诗词，大多能背诵，上杭便牢牢留在记忆深处。

去上杭的路不好走，翻山越岭，钻过一个个隧道，高高的桥挂在山半腰，即便高速公路一路宽阔，车过险处，心仍旧悬着。但山景实在是美，高大的树木，或红或白或黄的花朵，除却绿，全无杂色。修竹总在突兀处出现，一丛丛，从不孤零零地挺立。上杭四季生笋，竹的叶自然新新绿绿，阳光下青翠透明。我特喜欢竹子，每有竹林涌来，心就被揪上一把。竹不离山，我的心自是常揪着，可也舒坦。

上杭八山一水一分田，水和田都少得数过来。不过水和田都极美，水属长江水系，归归拢拢进了汀江，汀江湍急，对两岸的风景留恋，又制造、养育了更多风景。水景和山色结合，就成了一望无际的大景致，移步换景，怎也走不出、看不够。

小块的田地含在山和水的怀抱里，一梯连上一梯，碎碎的如摔破的瓷器，难有两地相同的，但都没闲着，种豆、栽菜、插秧，还有蕉林，小小的身子也挂着一串串香蕉，倚着原生的竹木沐风栉雨。田地实际上早成了上杭的风景，只不过陷入平凡里，站高了才能看清、看明白。

飘带样挂在半山腰的高速公路，恰是观赏山景、地景、水景的好地方，车一路疾驰，景快速端来，就看如何去品味了。

上杭小城端是美丽动人，汀江将小城一分为二,四周的山拥挤着向市声扑来，反而又将小城挤兑得绿汁涟涟。三座桥不经意间拂动纱巾，飘飘地做出兰花指般的舞姿，引领着水意、波澜向城的深处渗透，让小城的品相更加新鲜、古意更加朴实。

沿河顺路而生的树，除了大叶红榕、喷香樟树、婆娑棕榈们外认识的不多，它们都镇定自若，挥洒出大信心，绿就绿得透透彻彻，高就高得直插云天，完完整整地沉浸在山的原始里，地的寂然中。走向一棵树，给一场惊喜，毫不夸张，动辄上千年上百年的生命古树，在水的搬运里，它们沉默着梳理着，世间炎凉，都藏在叶脉里流动、枝头间摩擦。

夜中的上杭小城，独具亲和力。小城的天际铺满了星斗，如随意撒下的豆子，点点滴滴里全是真诚。由之我想到了上杭群山中的紫金，在时间磨砺里，聚合起坚硬光亮，这光亮也如星光，没有雾霾就会闪烁。抬头看星星，地下的一河水流光溢彩，小城沿河布下了一组组灯火，照亮了水的流动，照亮了沿河而行的慢行人。小城是慢节奏的，她在硝烟弥漫之后，隐身而退，将山水树人融合在一起，贯穿为一种缓和的心情。城之秀美，成就的是心的平坦。夜中小城好静，静得要让人持一钓竿，钓出自己的梦来。

古田肯定是上杭山川土地，一块厚而耐得住寂寞的碎片，如同紫金石般蕴藏光芒。卧于山岙中的古田平地，适宜种植水稻，也适宜种植和培育中国的另一种庄稼，革命。毛泽东九下上杭，播下星星之火，借助古田厚实的土层，让革命这棵庄稼拔节抽穗，连绵为丰收和收割。

作为诗人，他没忘记在马背上吟哦“分田分地真忙”，战火与土地与思想同在，当然与美好的景致、沉淀的历史同在。分田分地，在毛泽东眼里是长在土地上的红米，更是他滋生于战火硝烟里的抒情。

田的古老是洪荒以来固有的。古田的田一年四季呈现出花的海洋，但这花是土生生长的，不矫揉不做作，稻花、荷花、豆花、菜花，把古田的空气洇染为粮食味，和一个半敞开的会场近相呼应，自然贴切。毛泽东的革命因土地而立足，当然要顺应土地的法则。我来时，一方方荷田，小荷才露尖尖角，不要多久，荷花就会托起天空，在山的拢集下，献上喷香的盛宴。

在毛泽东的汉白玉雕像前，我献上了一束心香，这位经天纬地的伟人，无疑是上杭二千多平方公里、众多山峦中的高峰。毛泽东九下上杭，每一次都用脚步在丈量，丈量完了，一部恢宏巨著就打下了腹稿，自然也包括传唱久远的不朽诗篇。毛泽东和上杭的山川水土合辙合韵，星火燎原就只是时间问题了。

晚间又一次在上杭小城行走，紫金公园的花沿山道而下，上灯时分，酷似栀子和合欢的花，香得顺畅，它们不是，但我在心里还是认定了。开始把上杭当作自己的故里来对待了，山路婉转曲折，沿着它肯定有一座不大的房子，亮出灯光，穿透一丛旅人蕉仙鹤展翅样的花朵，我的老母亲正手执拐杖站在门前等我。

陶然而居

去北京陶然亭公园，直奔高君宇、石评梅的墓地，直奔一段哀婉凄恻的爱情。

北京四季秋天最美，而陶然亭公园更是秋美中的大美。湖水清澈，柳丝拂开波漪，临水梳妆，顾盼中深情流露，上百年的身姿仍是婀娜，让隐于绿树中桥的硬朗，多出了几分蜜意。说不上名字的秋花，任性绽放，黏上人的眼睛就不愿离开。高大的银杏树，叶绿果白，秀丽的树冠，擦亮天空，又将白云挑破，晚霞四射，点亮的何止是湖水里柳的倒影、莲蓬的沉默。

这些都无法留住我，高君宇、石评梅如巨大的磁力场，把我吸近了他们的安息地。亭北侧，松林中，一对心中有约的爱人，静静地安卧在静秋中，面对一汪湖水，身前身后的事缘，哗然出阵阵绝响，令人怦然心跳无语而语。

高君宇算得上是早期的革命家，他从旧式的婚姻中挣脱出来，深深地爱上了才女石评梅，爱得有理有节，爱得意味深长。他或许没有更能表示爱意的通道，只能把两行诗句托在红叶上寄出：满山秋色关不住，一片红叶寄相思。情思太浓，情绪太重，一片轻薄的红叶怎能承受得起？石评梅却在红叶背后，凄然地写下：枯萎的花篮不敢承受这片鲜红的叶儿。如此文字，在叶两面行走，无法找到交集，倒是笔尖相融，戳出血来。

石评梅本是才华横溢的女子，把少女纯真的爱一股脑，给了一个叫吴天放的男子，到她发现所爱的人已有家室，爱被揉碎，血从心中涌出，她疾呼、反抗，力量是如此的单薄，她无法不说：你毁了我一生。还说：缠不清的过去，猜不透的将来？一颗心！他怎样找到怡静的地方？

毁了的何止自己，还有高君宇。不过，算得上是毁吗？

高君宇和石评梅终有了更多的撞击。婉约的表达。无言的拒绝。一边是玉石的戒指佩戴指上。一边是玉石的清晰刻在心头。一面是苦苦追求。一面是情浓依依。一面是不尽悲哀。爱路悠悠，情路漫长。又谁知生命是如此的短暂？

高君宇终在他二十九岁时，怆然而去。

石评梅在漫天悲伤中，突然被深深的爱刺激醒悟，埋葬在心底的情，为何不曾流逝出半分。她为高君宇立碑，一面是自题的高君宇诗句：我是宝剑，我是火花。我愿生如闪电之耀亮，我愿死如彗星之迅忽。

墓碑的另一面写着：君宇，我无力挽住你迅忽如彗星之生命，我只有把剩下的泪流到你坟头，直到我不能来看你的时候。

几首残诗留在红叶上，题诗的人儿已经埋葬。

墓碑亦如题诗的红叶，正反两面都有血在汩汩流。

二十六岁的石评梅也在终日的思念中走完了自己的一生，高君宇死了，其实她的心早伴他而去。在笔记本上她决绝地写下：生前未能相依共处，愿死后得并葬荒丘！她想到了这一天，而这之前，她在荒丘前，也不知有多少不眠之夜，和忘却了时间的陪伴。

一种爱情的观照，在陶然亭公园的秋风里激荡。我收起了，又放下了。

陶然亭好生的安静。风筝高飞天空，游戏的孩子高语欢声，荷叶缝隙里琴声激荡，钓鱼的老人慢慢起钩……陶然亭公园还是好静，我听到的是高君宇、石评梅的喁喁息叹，看到的是高石爱情于红叶两面的沉思凄恻——并葬荒丘，陶然而居。

向北，古北口水镇

拽一拉杆箱，在古北口水镇，投石问路般行走，骄阳似火，青石、麻石、砾石的街路，硌得心跳、箱轮颠簸，好在汤河水清澈潺动，炎热和疲惫去了几分。

水托桥高，山举天蓝，白云逸致飘洒，瑞气升腾，难得的好天空。水是山泉水，山是燕山起伏，天空则是古北口水镇的天空。云因何而来，就得细细的斟酌了。

古北口落我眼中，泊在汤河水的拥怀里。

从北京西单出发，向北，往承德方向，走一百二十公里，就是古北水镇了，属密云和燕山山脉，窝在山旮里，四面环山，汤河半抱，呈 S 形游走，贯通几重的 S 形，让北方的城，有了南方小城的温存。

抬眼处，却有司马台长城，顶在山巅，明朝的关情，历历在目。风硬石硬，跌宕的长城依着山的走势，在天际线上悬挂出一袭生动，六百年了，表情严肃。严肃是因历史的生动，否则恐怕就有了烟火戏诸侯的荒唐。

水润城池，自然是好水。汤河发端于鸳鸯湖水，水从山泉来，两注泉一温一凉，相隔数十米，成就了一湖水的和谐，叫鸳鸯，好生的贴切而有情怀。城贴着水生长，古趣盎然，或石或木或土的建筑，移步换景，频频地让人有些想法，停下脚步打量、思忖。

城有古意，点状分布的，诸如司马小烧、永顺染坊、英华书院、杨无敌祠、震远镖局、八旗会馆、月老祠等，总能找到司马台长城的对应。作为长城中重要的水关古北口，遗留下一座戍边的城池，毫不意外。长城一线，关外刀寒风硬，关内气象升平，似乎是很长一段历史真实的写照。古北口如此而留下印迹，即便浅显，却也惊心动魄。时间的尘埃没能抹去，注定会成就永恒。

还是抚摸流动的水惬意，汤河在城中分枝走岔，顾及了城的每一个角落，沿河的房舍各具姿态，高低、宽窄、新旧，都一应以小品的形式出现，看在眼里，必去用心体味。几人窝在一临水平台上，后面仅是寥寥数笔的房子，都舍不得离开，花草适意，房舍恬静，如能静处于此，比悠然见南山的意味足多了。小舟在河面悄泊，细鱼喧闹，拱形桥身托起太阳，人存处，什么能牵引得起？

古北口无车声哗然，好生的喜欢，石条的路面自得于原生的敦厚，爬山虎的绿色从石缝出发，一路向建筑的高处走去，叶片硕大，拊掌欢呼，若大自然与古意的对话。目光走不动而连带了脚步，小品般的布陈，滞留的是平和入味的心境。一切从原点，过往可擦去、可贮存进时光深处。

入住客栈，便将自己忘却了。古北口二十多家客栈，多由原居民的住房改建，和镇的古意贴合在一起，怀旧或者探讨都有好的梦呓。驻下的是一个叫英华的小栈，门面疏离，被绿植掩映了，木架的房子，简单的家具，实在有若干年前故乡房舍的感觉，架子木床，盛下了身子，更盛下梦乡。总以为每一个客栈都有一部长长的故事，如没有，时光的流逝里也会发生来。

月圆照在古北口的天空，相约去登司马台古长城。索道快捷，一路由万家灯光相送，提盏灯火做了长城的守护人。风好大好猛，大得爽心爽意，猛得尽情尽怀。夜长城在黑暗中显现伟岸，这明代的长城，挺在山的骨子上。明月皓圆，倒是一道现代的命题，万里长城到底阻挡住了什么，如何去解答？

风雨忽然如鞭子样抽打古北口，月亮陡地消失了，奔跑在廊道或街巷，耳边纳兰性德的低吟传来："乱山入戟拥孤城，一线人争鸟道行。地险东西分障塞，云开南北望神京。新图已入三关志，往事休论十路兵。都护近来长不调，年年烽火报生平。"心突突地跳，反而将步伐拉得更大，还是被雨淋了个透湿，当然挟持了雷声。

绝早。向北，又走古北口，想寻找丢失的脚印，低头，每个石条都不相同，但纹理清醒，活着游着，如一棵棵高大的杨柳叶。

叙水成都

在成都叙水，得去沧桑的岷江边，得去岷江流过的都江堰。

我在都江堰，最想做的事是哭，把自己的泪落在堰体中，和水结为一体。他处的泪都是空抛，抛得没有意义，抛得附庸无趣。都江堰是奇迹，人和水和自然交融，合二合三为一，生万物，济苍生。

岷江古老，冰雪化水，跌山而下，水多、水狂，却将旱涝点种得慌乱。成都平原无水，再肥沃的土地也是不毛之地。李冰来了，在灌县筑堰，建鱼嘴分水，四六分成，内江外江各有份额。火烧山体、水激烫石，撕开山体，宝瓶口灌进激流，水听话地前行。飞沙堰则以水的涡流为重，把河积的沙子，推进风月里。一切都那么安然，内江水朝向专一，成都平原鲜活了，天府之国抽出了第一缕绿叶。

好生艰难，我看到山的创口，就想到人的创伤，包括李冰父子们，这些古代的官员，也和老百姓一样，怀揣着冷暖，无畏的生、无惧的死，坦坦荡荡。在理水治水官员中，有趣的好几位。丁宝桢斩安德海被贬，置身于水务，十万百银治水，水顺了，顺带着发明了出宫保鸡丁，饱了一方人的口福。张松，治水之余，手植银杏树，雌雄同株，上千年了果实累累，不舍不弃地守卫在都江堰。是否人化为树木，从而不朽。这些只是趣话，历经千年，曾有过什么样的困苦？不得而知，但可想象。

都江堰好美，美在水上。水从岷江运来，李冰看着顺眼，分几成给内江，留几成给外江，内外有别，却是从一江水撕下的。江水涵养生态，生态又回报江水，恩爱有加，得益的是曾经的灌县，今天的都江堰市，和广阔的成都平原，又何止是这些。四川不垮，国就不垮，大难时，四川盆地捧出的是热忱。从这个意义上说，都江堰和长城异曲同工，这般说法，学问家余秋雨说过，他且论证且美文，好读得很。

回到水美，都江堰的水清澈浅绿，在激动中鼓涌浪花，尤在宝瓶口处，湍激，义无反顾，似乎水明白，它们将化为雾气，深入到稻菽的心跳里，做一次收获的前导。跟着美水可走得辽远，锦江边生出的黄龙溪古镇就是一例。大了去还有大都市成都，太城、少城、满城、锦里，何处不因水风流，无都江堰水何来巴蜀，又怎有刘备、诸葛亮、杜甫、巴金。都江堰的水美，向人文深处探去，深不可测。

水润万物，因势利导。叙水成都，我看到听到的最多，也最为厚重。和水对抗，我们已经做了许多年，水本活着，我们非得把它们堵死憋死，水被水淹死了，它要么偃旗息鼓，匆匆逃遁，要么爆发，撕出众多的裂口。都江堰的水活着，自由自在，兵分两路，却有分合有度，如《三国演义》开篇所言：天下大势合久必分，分久必合。三国的事不少发生在巴蜀之地，和都江堰的水密不可分。水生万物，人是万物之长，如刘备、诸葛亮、杜甫之类，更是长中的灵异，他们无水必干涸。

在都江堰走了一圈又一圈，之前我来过，汶川大地震前，更古意、更自然些。大地震对都江堰有些破坏，包括古南桥和一些古建筑，但李冰们的智慧地震破坏不了，鱼嘴分流、飞沙堰、宝瓶口安然，激荡的水就安上了笼头，温柔而不失美丽。如今都江堰因水而获得新的生机，老树新花，老水新花，浩浩渺渺中，一地的流光溢彩。

叙水成都，我的目标专一，岷江连通都江堰是独一的单选。有夜间听雨，那不叫叙，何况雨粒也来自岷江，风带上天空的。天下之至柔，必驰骋于天下之至坚。成都的水正如此，它在成都平原，化为麻辣的情调，无处不在。

因麻辣而泪，泪和汗一样盐分重重。

夜见西湖

到杭州，已是暮色四合，暮光之城，有几分妩媚，又有几分娇柔，但是实难进入胸怀。西湖太具吸引力，心早驰往。一路上，眼底总是浮动波光潋滟，柳声飘逸，小荷田田，时而诗句跳出，诸如：“最爱湖东行不足，绿杨阴里白沙堤。”“毕竟西湖六月中，风光不与四时同。”“山外青山楼外楼，西湖歌舞几时休”……当然流连于心久久不绝的还是苏轼：“水光潋滟晴方好，山色空蒙雨亦奇。欲把西湖比西子，淡妆浓抹总相宜。”诗情撩拨，眼中有景，心中难免有一幕幕戏的场景，一帧帧传过。

停车驻足，自然直奔了西湖。西湖正在夜色中，一方湖面目模糊，似轻披纱巾，半掩了姣好的面庞。西子薄纱，陡增了神秘和温存。灯光朵朵、闪闪，在湖面和临湖的山上跳动，湖存灯火，柔灵灵地铺了一层，偶有画舫游过，波开灯碎，划出美妙的曲线。小荷初起，多在湖岸不远处，绿得小声，生怕惊走了灯光。

西湖边的树，老柳拂水，古意得都有一些故事，倚上一棵，就想歇一歇，听凭它有一记无一记的按摩，树有多老，这按摩的手法就有多老，不禁生出些不切实际的想法。眼前是一对对恋人，相依相伴，柳丝款款地在他们头上盘桓。小鸟依人，依树而恋，也是极美、极富情调。

岳王庙在夜色中大门紧闭，一些单纯或复杂的元素，归于了西湖水。岳飞忠义，光是“精忠报国”已经足以不朽，何况还辅以金戈铁马、十二道金牌、一门忠烈。在岳王庙前稍作停留，目光进不去，却挡不住心的驰往。想狠狠地断喝一声：十二道金牌算个鸟事，风波亭的风硬呀，硬得就是绞索！西湖在一边悄无声息，波澜不惊，连一句回声也没有。西湖太过文气，仅仅盛产诗画文字。泛舟情怀，何如大起大落中，卷起千堆狂雪。“文官不爱钱，武官不惧死”，又纾国难，岳飞炸裂般咆哮，西子湖终有了应答。

白堤和苏堤，算作是西子明眸的两道秀好蛾眉了，淡妆浓抹，眉是杰作，也是苏东坡、白居易用心的诗句。诗濡水而长，就如西湖中的莼菜，娇嫩中给人以鲜美，不绝于连绵。夜色和碧波漾韵二堤，灯光和眼眸轻抚二堤，堤有了生命，扎根湖中，又让情怀铺展，为官一任留下政声，实在是不如留下风景，清风拂过，细水轻拍，总能品判出滋味。

走苏堤，突然想吃东坡肉。过白堤，诗句脱口而出。二公为景致，足以千古。两道秀眉曼妙，妙在夜色水湄中。

和苏小小墓相遇，猝不及防，又在情理中。古人多浪漫，仅一歌伎，白居易、李贺、张岱为她传颂，就连近现代的曹聚仁、余秋雨也为她诗文，称之为“中国版的茶花女”。想来也是的，苏小小正值芳龄，能书善诗，文才横溢，乘油壁车于天下佳地，对水梳妆，临湖歌舞，该是怎样的景致。何况她还乐善好施，和天下文人交往，留下一段段佳话。恋而至死，又成了一绝色女子、凄婉的风景。

临湖的苏小小墓迎来送往，有亭遮风雨，亭谓“慕才亭”，天下之才于此，该慕谁呢？苏小小应是永久养育在西湖水意中的，她本是湖中的一条鱼，得意于风景，得意于情缘。“生在西泠，死在西泠，葬在西泠，不负一生爱好山水”。一女如此，足见古意柔情。可叹，可慕。

墓石冰凉，弱见心跳。此夜、此景、此情、此地、和苏小小约会，穿越千年时光，也可交谈甚欢，依然是美事。做个西湖文人真好，兀自想起斜倚老柳树时的情怀，指尖微热，夜色淡淡散开……苏小小墓为西湖十景之一，确是名副其实。

早晨推开窗户，杭州的雨下得有意味，西湖不远，就当雨是连夜从西子湖搬来的。

雨漾古镇

成都的雨多下在晚间，烟雨菲菲，白天难得看上一回，有幸碰上了，且在古镇黄龙溪。

雨漾古镇，让我有了心思。古镇因黄龙溪得名，因水氤氲。水来自都江堰，一派浩荡，却又柔和地附着在古镇的皮肤上。

黄龙溪有众多的传说，我不去顾没它，着眼当下的美和心中的感悟。水从下沉式的广场突出，一路向东，跌宕起伏，水清凌，把垫底的石，感染得光滑。水在古街的中央流去，将青石的街道一分为二，中间是沟通的桥梁，几枚石或一棵躺着的树，百灵百巧，渡过脚步也渡过目光。水中有石在走，鱼鳖虾蟹，以石的面目出现，虾兵蟹将和黄龙呼应。我喜欢水，撑伞慕水，听水声哗哗，心早润湿了。

古建筑泊在水的两边，隔水相望深情得伸出手臂。手臂是依在古建筑老树的枝柯，枝相挽叶相融，如同热恋的情人，目光交织，指尖时时刻刻传递温度。古建筑沉静多为檐廊式，雕花窗棂、飞檐翘角、清瓦屋面、木质结构，街景与潺潺的水声连动，将古建筑的韵，穿上了音乐的裙裾。亲切意味直扑我的心怀，我的行走，突然有了身在此地，归于田园的情感。何处不故土，水运来的灵气，绝不仅仅是给黄龙古镇的。

我开始拾读古镇。古镇黄龙溪，居成都以来，陷于府河、鹿溪河的怀抱，双流、新津、彭山三县交界，牧马山、二峨山隔江对峙，古称赤水，汉建安二十四年，“黄龙现武阳赤水九日”，黄龙溪由此得名。诸葛亮等八百大臣以此征兆向刘备建言，刘备登皇位，蜀汉政权由此诞生。诸葛亮在此屯兵牧马，一路南征，造就了古镇的日渐繁荣。我终于松了口气，伴水声而太息，细数古镇一湖、两河、六寺、七街、九巷的悠远。古街、古巷、古树、古庙、古堤堰、古民居、古码头、古战场、古岩墓、古衙门，这十古该是怎样的渊源？恰听到击鼓声点点，一府三县正在敞开历史的大门。

古街摆出了美食的架势，似乎四川的美食都在这里聚合，担担面、龙抄手、肥肠粉……数也数不过。吃货们有福了，一路走一路吃，我也跟着沾着，左一口右一吃，怎么的也吃不过来。一根面表演的成分更多，面甩出，大师傅用的是舞蹈动作，转眼下锅，一碗实实在在的面条也仅一根。过了眼瘾，饱了口福，这等美味已越过了心的承受。

雨仍下个不停，溪水更是奔腾，终于归入黄龙摆尾处和锦江汇合。我的理水追寻有了新的头绪，锦江是属于古镇的，古老的码头运来风云，又运出了和悦。在一棵古榕树旁小憩，雨声不断，镇江寺待在一边，鲜活的是鲜居茶馆，推门入内，讨杯茶喝，茶是峨眉黑茶，由锦江水泡开，古意得很。抬头，有雨粒从古瓦的缝隙里漏下，顺带着我看到了湿意的天。

有迷解不开，无河渠，沿街东进的溪水如何运来？解答者慎重，比画再三，我方明白，乃岷江水，在都江堰由鱼嘴分流，经宝瓶口入内江，一路循锦江奔跑，再由暗河输送至龙口（下沉式广场），源源而不竭，最后冲洗龙尾，活灵活现。水滋润了古镇，古镇涵养了溪水，都活得青春。

古镇秀、灵、幽、深，我不想走，住上一夜好，最好还有知己相伴，持一杯茶望月，将流影落在溪中。

不远处，有电影《芙蓉镇》的外景地，这是黄龙溪生发的另一个故事。文到此，成都的雨又下得起劲，我再次想到夜晚黄龙溪的溪。“日有千人拱手，夜来万盏明灯”，溪水升高而浮起，便是了。心逸动。

原在山水画廊中

过长江，进江南，淡淡的烟雨便来了，春浓得化不开。到歙县，便坐定了徽州的腹地，无梦到徽州，徽州的梦却一应是春天的。

一路美好，一路思绪，想为徽州定色。树绿花红，山清水秀，汪在山岙的村落悄无声息，宁静得秀丽。我陡自感觉，徽州的原色是古意的格调，古意为色彩，自然鲜亮出氤氲。

古意实际上是一锭陈旧的老式徽墨，暗藏幽怨的香气，蕴含天地精华的松波烟韵，一旦就石砚研磨开来，泓墨轻漾，挥毫泼洒，定然生发层层叠叠的意气情由。

新安江无疑是层层叠叠中，最随意的一笔 ，而这一笔湍流婉转，浓墨枯景，笔笔到位，让探底的触摸，绘出大意和细致。

一幅山水画卷自深渡溯水铺开。水是老式徽墨的洇染，波是墨的丝缕，两岸的山情、树情和草情，则是墨点的溅落，修竹婆娑，枇杷轻摇，菜花金黄，茶草滴翠，无名的山花不甘寂寞，开之芬芳，落之逍遥。

新安江有太多的墨色古意，徽商自此出，自此归，单就徽州女子，就罗列出了众多传奇。江是她们寄生处，又是她们伤心地，送别和迎来，泪总是让江水兀升自分。有牌坊作证，旌表的烈女，多少是以泪打基础的。

画卷中三潭的枇杷多汁鲜甜，我以为它们是旧时徽州女人的化身，冬天开花，春天成熟，到了秋天，只剩下叶的孤零。

而嵌在山石间的油菜花，刻意地金黄，与翠生生的茶草为邻，似在诉说，旧式的徽墨孕育的力度，种瓜得瓜，种豆得豆，江南的柔情蜜意，在山石的缝隙同样可以灿烂出一片天地。

乘舟而小游，我数落绵潭、漳潭、瀹潭的风光，潭潭有味，潭潭可溯源，潭潭又让心留将下来。

樟潭的春天，迎接我的是一地的樟叶，樟落叶和生长同在，旧叶正是新叶撑落的。一株千年的樟树王临风而立，粗壮的干，足要十人才能抱将过来。此树为王，又和汉谋士张良挂起钩来，树的古意和人的古迈相互映衬，倒实实在在明了了一个道理，前人栽树后人乘凉。游人如织，不是最好的佐证吗？

为一棵巨大的樟树震撼，如若抛弃此行的枝枝叶叶，这树也足以不虚此行。我烧了三炷高香，似是为张良，实是因樟树，张良不朽，而樟树千年之后仍苍翠欲滴。

古墨在时时研化，挥洒的汁液处处留情。

在绵潭停留得久些。九姓渔乐可以代表一条江的生生不息，鱼活着，一条江就活着。丝网捕鱼，飞钗钗鱼，鸬鹚捉鱼，古老或者新奇，都在激约的盆歌中，鲜艳了江的魅力。十网打鱼九网空，在新安江，是永远的虚晃。

绵潭连绵，为富足的鱼，也为韩世忠义释灭门九族的陈、钱、林、李、袁、孙、许、叶、何九个姓氏的百余乡众。新安江有情，韩世忠有意，江不连绵，潭不连绵，才是怪事。

登岸弃舟，画卷展开了十多里。古墨一点又溅在了下汰的山腰，山腰金色的油菜花夺目。油菜花本是寻常之物，但在这里，她是景，是触目惊心的景。

太阳已经西沉，晚霞中的油菜花，鼓吹着自己的金黄，她是霸气的，又是柔和的，小块的土地零零星星，因山势而跌宕，正是这跌宕成就了花的气势，汪起了一个个古旧的村落。村落星点的灯光闪烁，粗心里，它们就是一朵朵散淡的油菜花。

画卷讲究留白，下汰的油菜花，应该是十里长卷精心的留白了。端着长枪短炮的摄影家们，正就着星月，擦亮镜头呢。他们用自己的镜头和大自然对话，又成了旧式徽墨中的一分子古意。

暮色四合，过清风廊桥，去了古村石潭，再一个千年的传说，摆在了我的面前，古铺、古祠、古作坊，那么的安然。如果说，下汰的油菜花养眼，这里足以养心了。

我走进一个店铺，山石、花草摆满了一地，一老一少二人，在昏暗的灯光下寂然，如山石雕塑。我的心猛地一惊，这些莫不是十里山水画卷的题字落款。

原在山水画廊中，其原色只能是一封古老的徽墨了。夜深，仍不能寐，猛地听到有虫声弱弱地叫，我以为是一粒初生的松波烟韵飞来了。

在杜鹃花海发呆

人间四月天，麻城看杜鹃。杜鹃花为海，龟峰山只是海中岛。

一望无际的红，抖落在烟云上。“杜鹃花开映山红”，古人的诗句得真谛，一个映字，独领千百年风流，“映”为诗眼，“映”在动弹，红就呼呼的飘起来了。

龟峰山的杜鹃花海天下第一，花在险峻处，海就挂在半山腰了。杜鹃是千百年的老树，花海也就年轻不了。老树，新枝，花海，设下迷局，引得常年流连的风，都想尽千方百计去探访。

还真的迷了路，头天下午雨雾蒙蒙，徒步登山，寻找藏在深山腹地烟云中的花海，杜鹃三三两两地打着招呼，缘花探径，路突然就消失了。忙问操当地口音的女子，女子带路，偶尔回眸一笑，却将路引进了迷茫处。女子路熟，似乎是一场恶作剧。恼火中由不得想起一句俗语：天上的九头鸟，地下的湖北佬……麻城属湖北，龟峰山在麻城境内。一声叹息，伴随的是一身疲惫，满目烟尘。

天即将黑透，好在有手机可求援，定位，陈述，工作人员翻山赶来，把一行人引出。花海就在不远处，暗暗的雾色里，花红得暗淡，但也是大片大片的，如海，让人由不得发呆。不过这呆太厚重，截然地不透明。

晚上小酌，自然是在山脚小镇，酒几分，就有了新说法，指路的女子，一定是千年白狐，虚引一条路，只让擦肩而过于花海，否则不会有回眸的媚眼，和盛开的杜鹃一样。

一夜电闪雷鸣，雨骤风狂，山脚的小镇却在风雨中安然，静出一个天地。

早晨没费周折，登山直奔花海。杜鹃花轰炸般盛开山峦，遍山遍岭，剩下的只是惊呆，眼呆心呆身呆，呆成了一块石头。石头中还有花开，呆着的人竟然不知把身放在何处。

木栈道映掩在花棵中，人在中行，杜鹃花抚摸脸颊，时不时碰断问询的目光，在发际上有的无的插上一朵。

又是一呆，脚步真的挪动不了了，一步一留恋，步步扎景，谁愿与美保持距离？谁不愿和美多待一会？在美处发呆，呆得不呆。

深入花海，世间的喧嚣突然隔绝了，众多的游人自觉地屏住了呼吸，静静地让目光躺在杜鹃的花朵上。杜鹃有年头，百年、千年，怎就如此老树新花永不言败？一个设问，竟让许许多多的心跳放慢了速度。眼便发呆地睡去，体会着千万年深山的落寞。山应是安静了千万年的，只是近几年龟峰山人来人往，而之前花红悄悄，仅开给石看、树看、风雨看。

不过，山岭上的巨龟峰一定是看饱了的，甚至被漫山遍岭的映山红压迫得喘不过气来，凭着花海中山峰岛，探头呼吸，咬一块云或太阳充饥。

山峰种花海，还是花海浮山峰？如此的呆中问，算是十足的呆吧。

杜鹃花王耐得住寂寞，六百岁的年龄，五十六个枝干，上万朵繁花，花开灿烂，也是不紧不慢，王的霸气，表达得实足、到位。和花王相邻的一棵巨松翠绿欲滴，正有小雨飘过，倒有了风雨相兼程的感觉。不远处，有三棵一丛的古松沐风，说是三进士松。不以为然。说是一生二，二生三，三生万物，倒贴切。杜鹃花王，衍生了龟峰山花海的一水一滴。

引用博士生导师管开云教授对杜鹃花海的评价：几乎跑遍了全世界杜鹃花分布地，湖北麻城杜鹃是我见到的该种杜鹃分布最集中、林分结构最纯、种群面积最大、树龄最古老、保存最完好、株型最优美、景观最壮丽的自然群落，令人眼界大开，堪称世界奇迹，真可谓麻城杜鹃甲天下。

烟云四起，在管教授的“七个最”中又一次发呆。果然是，极目八方、徜徉花径，心中完全是“最”的情节，唯有最才能表述心中的呆气。

下山，有白狐从眼中晃过，那是着意的精灵吧，专为杜鹃花海设置的。

在杜鹃花海呆过，又实实在在地发过呆，清醒时，时间似乎流逝了千百年。